Ignazio Vanadia

Come il volo irregolare di un aquilone

ZeroBook
2023

Titolo originario: *Come il volo irregolare di un aquilone* / di Ignazio Vanadia

Questo libro è stato edito da **ZeroBook**: www.zerobook.it.

Prima edizione: settembre 2023 – press edition.

ISBN 978-88-6711-226-5

In copertina: "Aquilone" di Ignazio Vanadia.

Controllo qualità **ZeroBook**: se trovi un errore, segnalacelo!

Email: zerobook@girodivite.it

Questa è una storia che si dipana dal già visto del presente alla novità del passato, come fosse un ritorno a ciò che non poté essere prima e potrebbe realizzarsi domani. O forse si tratta di storie disperse che finiscono per ritrovarsi una nell'altra, attratte dalla meraviglia che può riservare ogni momento della vita.

Come il volo irregolare di un aquilone

"Così per me era il Paradiso: un territorio di campagna pieno di luce con un grande spiazzo davanti alla casa del cavaliere Capra e al centro un grande albero, un falso pepe con fitti rami pendenti fino a terra. In estate giocavamo fino a sera e in autunno andavamo a fare le verdure amare o a raccogliere lumache dopo la pioggia e poi a correre lungo il vialetto che si snodava dolcemente attraverso la "vigna grande". Ci spingevamo fino alla parte opposta della proprietà dove un cancello alto fino alle nuvole ci ammoniva che lì finiva il nostro paradiso e dall'altra parte iniziava il mondo dei grandi...".

Questo avrebbe voluto come incipit per il suo libro. Ma la storia nella sua testa ancora non c'era. S'era da tempo convinto che le storie vivono per conto proprio e ognuna di loro comincia a esistere davvero solo quando qualcuno la scopre, il più delle volte per caso. Fino a quel momento stanno pazienti ad aspettare, svolazzate dal vento in un angolo di strada di Milano o lungo la cresta di una montagna del Nepal o semplicemente sul davanzale della finestra di Maria che da lì osserva l'arrivo della primavera. Oppure tra gli abissi del mare o della propria stessa esistenza. Quando l'incontro accade allora se ne vanno a braccetto, storia e personaggi, insieme al loro scopritore. Costui dopo la potrebbe raccontare ai nipotini o agli amici sfaccendati seduti al bar, oppure scriverla e tenersela ben nascosta. Oppure qualche editore ne potrebbe fare un best-seller. In ogni caso è lei che lo avrà condotto per i misteriosi sentieri del suo universo dove tutto è possibile, anche l'impossibile, e non sarà mai che uno scrittore inizi a fare il primo passo e poi il suo cammino tra le righe proceda esattamente come lui aveva programmato prima. Diversamente uno scrittore non è uno scrittore vero, uno di quelli che sa rischiare, soffrire, gioire, sbagliare, correre, cadere, combattere e persino morire accanto ai suoi personaggi, ma semplicemente uno che avrà scritto delle parole messe ordinatamente una dopo l'altra, buone persino per diventare un best-seller, ma nulla di più. Di questo s'era convinto Pino Fundrisi, nonostante la sua tecnica narrativa avesse quel tanto di genialità da riuscire a far parlare anche una briciola di realtà scelta a caso in un qualsiasi contesto e la sua esperienza da cui trarre linfa narrativa fosse sterminata. Aveva deciso di raccontare di quel paradiso che c'era al di qua di quel cancello della sua infanzia e poi di ciò che accadde a lui e ai suoi compagni di giochi al di là, quando sarebbero diventati adulti. Poteva essere una buona storia, ma questa impresa gli pareva come la cima di una montagna osservata, temuta e desiderata dalla valle prima della scalata. Era senza respiro già ai primi passi del percorso e più volte era tentato di rinunciare. Poi tornava sui suoi passi e si rimetteva a tessere, scucire e ritessere la trama che non trovava pace tra gli intricati incroci delle possibilità e infine si scioglieva in una indistinta folla di fantasmi, in un continuo andirivieni di momentanee visioni. Forse avrebbe avuto bisogno che qualcuno gli raccontasse qualcosa, per potere ricostruire una successione di eventi. Ma la sua vita stessa si era dispersa in mille rivoli per il disordinato flusso del tempo.

Dei personaggi, questi sì, si facevano intravedere, ma erano ancora vaganti, senza un'identità definita, senza un filo conduttore che li legasse gli uni con gli altri. Alcuni venivano da lontano, dalla dimensione della sua infanzia ma senza più i connotati reali, così come li poteva vedere dalla sua prospettiva ormai lontanissima, altri erano apparsi fugacemente durante le sue azioni giornaliere, perfetti sconosciuti sottratti dalla sua immaginazione alla banalità della vita ordinaria e restituiti carichi di una storia personale tutta da scoprire. Altri ancora erano semplicemente creati ad arte, probabilmente frutto delle sue reminiscenze letterarie. Apparivano nei momenti più imprevedibili della sua giornata, quando era impossibile mettersi lì a inseguire un'idea e a scriverla subito per non farla scappare tra le dune irregolari della sua memoria. Poi sparivano. E con esse spariva la storia prima ancora che potesse nascere e svilupparsi attraverso la sua trama, breve o complessa che potesse essere.

Immerso in questo mare di pensieri, Pino girava il cucchiaino nel caffè che intanto si era raffreddato più del necessario e perdeva tempo con lo sguardo perso dentro lo specchio del bancone del bar. All'improvviso uno di quei personaggi gli sembrò emergere dal nulla. Chi era quell'anziano signore che, seduto in un angolo del locale, lo osservava con occhi lacrimosi, quasi gli volesse chiedere un'attenzione, un gesto di pietà? Era seduto, rannicchiato dentro i suoi vestiti fuori misura e si accorse di lui quando il suo sguardo casualmente incontrò quello del vecchio dentro lo specchio. Colse la sua espressione che gli sembrò impaurita da qualcosa o, forse, da qualcuno: certamente si trattava di qualcosa che il tizio si portava dentro e che Pino non poteva conoscere. Non poteva far nulla per lui, se non ricambiare lo sguardo con una certa affabilità.

Subito dopo lo sconosciuto si alzò lentamente e uscì fuori, prima che Pino si girasse per guardarlo meglio.

Sparirono l'uno dalla vista dell'altro e per sempre. Ambedue avrebbero continuato a portarsi sulle spalle la propria storia e niente avrebbero più potuto condividere dopo quello sguardo. In questo tempo in cui da ogni parte arrivano solo segnali di guerra, di paura e di morte, tutti abbiamo bisogno di qualcuno che ci ispiri fiducia e, possibilmente, ci indichi una strada da percorrere con un po' di speranza. Lo sconosciuto dagli occhi tristi tornò spesse volte nella mente di Pino e, a dispetto del tempo che trascorreva veloce, provava sempre lo stesso turbamento di quella volta. Gli venne persino il dubbio che quell'incontro fosse mai accaduto. Anzi, ne era diventato certo: sarà stato un frammento di sogno fatto qualche tempo prima. Ma il turbamento rimava, stabile e reale. Il vecchio del bar era sparito prima ancora che Pino capisse da dove fosse spuntato e si chiedeva dove fosse finita adesso tutta quell'altra umanità che aveva attraversato la sua vita, rapidamente come quello sconosciuto oppure con la lentezza di una nuvola che inesorabilmente si va dissipando nell'immensità del cielo.

Dalla sua nascita per nove anni aveva vissuto con i genitori e il resto della famiglia nell'unica stanza di una vecchia casa dove si dormiva, si mangiava e si consumavano le pene della povertà. Tra queste v'erano i lamenti in forma di rosario costante della nonna che, sempre seduta in un angolo al buio, invocava santi come se fosse sempre in arrivo una inevitabile disgrazia. La sua mamma era sempre triste e suo padre sempre corrucciato per via del fatto che le cose andavano male alla bottega di barbiere dove insieme a un socio lavorava per quasi niente. Gli anni Cinquanta li aveva vissuti da bambino senza allegria, mentre altrove il boom economico cominciava a elargire televisioni, lavatrici, vacanze a mare e felicità a buon mercato. Nel '59 c'era stata una svolta nella vita dei Fundrisi: un amico aveva prestato dei soldi a suo padre Melo che li usò per aprire un salone tutto proprio. Era molto bravo e affabile con i clienti che ben presto divennero numerosi e della migliore società, saldò il prestito e riuscì persino a mettere qualcosa da parte perché non si sa mai. Cambiarono casa, lasciandosi alle spalle tutta la malinconia della prima dove rimase la nonna in compagnia del suo rosario. In un condominio la vita era del tutto diversa e divennero intimi con la famiglia del secondo piano. Le mamme divennero zia Maria e zia Emilia per i rispettivi figli e tra loro come sorelle. Così tutti gli anni Sessanta trascorsero lieti: al di qua di quel grande cancello tutto gli sembrava perfetto. Ma a un certo momento varcare quella soglia fu per lui la cosa più importante da fare. Il paradiso fu presto dimenticato perché ci fu da combattere i mali della società, lui, i suoi compagni e milioni di altri giovani.

Pino diventò adulto molto presto. Sotto il peso delle sue precoci responsabilità, prese a interrogarsi sulla storia, sui suoi tradimenti, sul destino dell'uomo, sull'importanza della memoria. E mentre lui si interrogava, il tempo procedeva ora lento ora veloce ma sempre inarrestabile e, ormai quasi vecchio, si accorgeva come procedendo andava divorando le cose e le persone. Andarono sparendo gli ideali di una volta, le atmosfere che il suo spirito sensibile aveva colto nella loro essenzialità, persino le sue carte da qualche anno non riusciva a trovare più. Ma soprattutto sparirono le persone, quelle che in un modo o in un altro s'erano incrociate col suo percorso. Una malinconica serenità cominciò ad abitarlo sempre più stabilmente. Aveva creduto che scrivere un libro autobiografico fosse una delle possibili risposte al suo bisogno di manifestarsi al mondo, di sentire la presenza di tanti che fossero interessati ai suoi ricordi, alle sue fantasie, ai suoi ragionamenti, alle cose che aveva da raccontare.

Infine però pensò che far conoscere la propria storia al mondo sarebbe stata solo una velleità e considerò che un lettore, uno solo, avrebbe potuto capire quello che era solo un suo urgente bisogno di condivisione.

Così, raccolti i frammenti di scrittura lasciati qua e là, decise di farglieli leggere.

(Il mio nome ha il suono di un fruscio)

"Pino? Pino Fundrisi... ?", esclamo come se avessi davanti proprio lui, inaspettatamente comparso all'ingresso della mia casa. Il corriere mi guarda perplesso consegnandomi un plico postale. Sto per qualche minuto immobile, col pacchetto in mano. Mittente: Pino Fundrisi - Leonforte.

Ancora portavamo i calzoni corti e ci giurammo amicizia eterna. Crescemmo passando così tanto tempo insieme da riuscire reciprocamente ad afferrare al volo ogni minimo pensiero che passava per la nostra testa, prima ancora che si trasformasse in parole o azione. Tutto ciò che facevamo ci esaltava così tanto da farci sentire già nella storia, costruttori di grandi cose, avanguardia di una umanità nuova insieme ad altri giovani di tutto il mondo. Invece non avremmo visto realizzato nulla di quel grande sogno. Sono andato via e da allora non sono mai più tornato a Leonforte. E perché avrei dovuto? I miei sono scomparsi troppo presto e nessun altro motivo mai mi ha fatto pensare a quei luoghi e a quella gente. Zero nostalgia. Di lui so soltanto che è rimasto lì e null'altro. Apro il plico: un libricino dalla copertina di cartone grigio, senza titolo. Da anni non tengo un libro tra le mani, leggo solo qualche quotidiano quando ho tempo, cioè quasi mai. Del resto non è proprio un libro, piuttosto un quaderno. È scritto a mano. Non nascondo che ho avuto un certo turbamento nel riconoscere la sua grafia, fitta e regolare. Lo giro e lo rigiro, poi comincio a sfogliarlo. Facendo scorrere le pagine velocemente incontro un bigliettino, tipo segnalibro: "Il mio nome ha il suono di un fruscio, di uno che passa e nessuno se ne accorge. Invece l'aquilone si fa guardare mentre gioca con l'aria e stupisce grandi e piccoli che a testa in su seguono le sue evoluzioni irregolari. Come se persone, aria e aquilone fossero unica cosa. Anche il mio tempo ha attraversato irregolarmente la mia esistenza come un aquilone, ma non c'è stato mai nessuno che se ne fosse mai stupito. Solo io rimango perplesso, più che altro. Pertanto ti prego di ricordarti che io ci sono stato e ci sono ancora. Pino". Non ho dubbi: è Pino, lo stesso Pino di una volta, ormai disperso nei fondali della mia vita passata, ma vivo ancora, grazie al cielo. Resisto a stento alla curiosità di iniziare la lettura e la tentazione di non andare al lavoro è troppo forte. Ma devo andare. Non guido da quando ho distrutto la mia Panda andando fuori strada durante uno dei miei giri quotidiani per lavoro: vendere scarpe. Con il non-libro infilato nella borsa, corro verso la metro. Mi faccio largo tra la folla, salto su e mi trovo un posto. Dei signori anziani sono rimasti in piedi e mi guardano con aria corrucciata, ma non me ne curo. Mi metto a leggere le prime righe e poi altre, qua e là, facendo qualche ipotesi sui motivi per cui il mio vecchio amico ha pensato di riprendere i contatti con me in questo modo.

Pino Fundrisi, compagno del '51

Nessuno ha mai visto una nuvola rotolare lungo il pendio di una montagna. Solo un poeta una volta disse di avere assistito a questo fatto e di aver sentito persino i suoi gridolini. Ma i poeti, si sa, raccontano solo frottole e nessuno ha mai considerato seriamente che alle nuvole possa piacere divertirsi, specie in quel modo così infantile. Se a te capitano cose di questo genere o di essere uno che vede statue che a un certo punto prendono armi e bagagli e se ne vanno altrove o fantasmi che passano e ti salutano alzando il pugno chiuso, devi aspettarti di essere preso per una specie di visionario sconclusionato. Ma tu ti compiacerai ricordando che insieme a certi ragazzi abbiate potuto giocare nel circo delle vicende paesane con cose pericolose come la politica, per poi uscirne con qualche costola rotta sì ma, tutto sommato, senza troppo danno. Ti potrebbe accadere anche di cercare il tempo per stare con la tua stessa malinconia e sorridere, persino, delle tue ferite.

Oggi che abbiamo attraversato in un baleno metà del '900 (ma il tempo non conta nulla per noi che siamo nati dalla guerra e ormai non ci importa se prima viene il dopo e dopo viene il prima o forse sia il prima che il dopo verranno quando verranno, a fantasia) possiamo incontrarci ancora tra queste pagine, se vuoi, per sentire di nuovo quel certo venticello che ci invitava a percorrere strade d'avventura e allora ci bastava guardarci negli occhi per capire che era il momento di andare e subito andavamo. Così sarò contento di essere ancora con te, compagno del '51, e ci regaleremo la libertà di rimanere confusi sulle cose di questa vita...

(Come durante certi esami da ultima spiaggia)

Questo lavoro mi ucciderà. Non mi dà attimi di tregua, mi fa correre da una parte all'altra per non fare scappare i clienti e trovarne altri, poi torno in ufficio per accordare i numeri ai contratti, raccogliere dati, sistemarli in statistiche da utilizzare per le indagini di mercato e programmare i giri successivi. E poi ancora devo tenere i rapporti con la produzione per aggiornare i cataloghi e l'ufficio vendite per le ordinazioni. Una battaglia continua.

Ma tutto questo sarebbe solo un gioco per fare soldi se non dovessi combattere ogni sabato mattina la madre di tutte le battaglie: la conferenza degli agenti di vendita presieduta da lei, la signora Mazza, proprietaria e amministratrice unica della "Fabbrica Scarpe Mazza".

Arrivo in azienda con un lieve ritardo, faccio le scale correndo mentre mi aggiusto la cravatta tenendo sotto l'ascella la borsa. Mi pare di avvertirne la diversa consistenza rispetto al solito per via del non-libro che mi sono portato appresso. Entro nella sala riunioni camuffando l'affanno con un sorriso che di sicuro mi dà una certa aria da ebete. Non ho neanche il tempo di salutare che la signora mi infilza timpani e cervello con il suo verso della beccaccia:

– Si sieda!

Sono già tutti seduti e lei, dalla stazza pesante e con le mani dietro la schiena, guarda il tetto affrescato in stile imprecisabile percorrendo la stanza con falcate marziali.

– Mi legga il suo rapporto!

e, assumendo il tono sarcastico,

– Sa...? Quello che mi fate ogni settimana e per cui io vi pago con i miei soldi. E non sono pochi, ne converrà. Inizi pure con comodo...

Non mi guarda neanche. Mi siedo come sulla tavola di un fachiro.

– Mi scusi il ritardo, signora...

Frugo nella borsa per trovare le carte che mi servono e il corpo estraneo mi rallenta l'operazione rendendo goffi i miei movimenti. Finalmente sono pronto e comincio a braccio con una introduzione, più che altro per riprendere un ritmo di respiro adeguato alla situazione e allentare la tensione. Mi accorgo che la mia voce è leggermente tremolante, come durante certi esami da ultima spiaggia quando l'università mi sembrava il prezzo da pagare per espiare una immane, misteriosa colpa. Per miracolo arrivo alla fine del calvario, sperando di essermela cavata.

La beccaccia è visibilmente insoddisfatta. Farfuglio qualcosa, ma lei non mi dà possibilità di spiegarmi.

– È da un po' di tempo che la osservo, sa? Il suo lavoro non è come dovrebbe essere. Passi subito dall'ufficio amministrativo e veda di aggiustare ogni cosa!

– Come vuole lei. Se permette io andrei...

Mi alzo, la borsa stretta al petto come unico appiglio alla vita, facendo lentamente due passi in retromarcia.

– Vada... vada!

Saluto con un inchino lei e con un altro i colleghi ed esco.

Mi sono ormai abituato alle batoste del sabato e ogni volta, uscendo dall'azienda, vado di corsa a casa dove posso recuperare qualche ora di totale libertà. Rilassarmi è un lusso che durante la settimana mi posso solo sognare. E poi oggi ho da leggere le cose di Pino, un buon motivo per staccarmi da questa città che ho già percorso milioni di volte e mai mi ha trattenuto un attimo per farsi conoscere, amare. O forse sono io che non so mantenere rapporti profondi e costanti con le persone e i luoghi. Sta di fatto che, oltre a colleghi di lavoro e clienti, non parlo mai con nessuno. Da trent'anni.

Ancora prima di togliermi la giacca, in piedi, scorro le pagine rapidamente. Lo stile della sua scrittura mi riporta immediatamente a lui, così come me lo ricordo: giovane uomo dall'aria malinconica, sempre in preda a dubbi esistenziali che allora mi facevano andare in bestia, non già perché fossero infondati o banali, ma perché mi costringevano a riflettere quando invece mi urgeva l'inconsapevole, quasi ferino, impulso di addentare la vita, allora molto grama sì, ma da stronzi farsela scappare.

Sì è proprio lui, Pino, il solito cervello vagante. Non ha dato un carattere definito neanche a questa stessa sua "opera". Si tratta infatti di una specie di zibaldone, un insieme di considerazioni, narrazioni e appunti che mi sembrano parti di un romanzo ancora slegate tra loro. Mi accorgo che si possono leggere anche a saltare e così faccio. Mi sembra di sentire la sua giovane voce. Mi spingo per un po' nel tortuoso percorso dei brani e una certa

impercettibile trama si va definendo. Mi faccio traspor-
tare dalle parole come da una corrente rileggendo più
volte soprattutto le parti dove riconosco qualche personaggio, qualche luogo o atmosfera di quell'improbabile
paese dove sono cresciuto insieme ai miei compagni
come in un romanzo improbabile, appunto. Alterno la
lettura a improvvise sospensioni, mettendo a fuoco certi
ricordi o approfondendo certe riflessioni che Pino si
ostina a fare sul senso della vita.

...Ogni tanto qualcuno si è messo a spiegarmi il senso della vita. E siccome chi ha avuto questa premura mi ha detto di avere studiato tanto, viaggiato in lungo e in largo, ricercato la verità negli abissi di questo mondo e nelle sublimi vette dello spirito, io l'ho sempre ascoltato con grande attenzione. Però i conti non mi sono mai tornati: eccetto i soliti luoghi comuni, il senso della vita trovato da uno non mi corrispondeva mai col senso della vita di un altro. Pertanto penso di poter concludere che la vita di sensi non ne ha uno solo, ma tanti quanti ogni uomo ne va trovando lungo la sua strada. Le strade da poter percorrere sono pressoché infinite e spesso a sceglierne una non sei tu, ma un certo vento che non tutti sanno riconoscere quando arriva e ti vuol portare dove tu non immaginavi. A volte fa odore di gelsomino e viene dal passato, quello di quando eravamo bambini e il maestro ci portava nel giardinetto di casa sua e là prima ci offriva il gelato e poi ci consegnava la pagella. È lo stesso che sento stamattina. Qualche altro passo dentro i vicoli di Santa Croce, una sosta sul punto più alto, uno sguardo all'orizzonte come se fosse per l'ultima volta e sto per decidere di tornare a casa. Del resto è già mezzogiorno, come mi ricordano i rintocchi dell'orologio sul campanile di san Giuseppe che, stagliato all'orizzonte sulla linea degli Erei e attento a ciò che succede quaggiù, sa come facilmente perdo la cognizione del tempo giornaliero. Penso che rinunciare al controllo del tempo potrebbe essere una pratica per percepire, comprendere forse, lo scorrere della vita nelle sue profondità. Stare tra queste vecchie case e questa gente a guardare, toccare, odorare, ascoltare parti minime di questo universo dimenticando l'orologio, oggi ha sapore d'eterno. Poi, certo, tornerò alle funzioni da svolgere, alle relazioni da curare, agli impegni da rispettare, ai doveri da assolvere, ai diritti da esigere. Tornerò a misurare il tempo, ma adesso avverto che in questi attimi che mi sono dati come fossero i primi di una nuova avventura forse incontrerò qualcuno o qualcosa che mi darà un appuntamento non effimero, un po' più in là della ordinaria esistenza...

..."Il tempo non ha consistenza ontologica, è solo una inclinazione dell'anima, una percezione illusoria dell'uomo che aspira all'eternità. Dunque il tempo non esiste" si andava ripetendo Sigismondo nella mente, mentre vagava per casa ancora in mutande. Aveva dormito poco anche quella notte per certi pensieri complicati che giravano nella sua testa e questa storia durava ormai da quattro mesi, da quando aveva deciso di rimettersi a studiare per farsi una cultura. Quella filosofica, per la precisione, perché questa era quella che gli mancava e che avrebbe dato un senso alla sua esistenza. E poi doveva reagire a quella grandissima mala figura che gli aveva fatto fare quella saccente nordica conosciuta un giorno dell'estate appena trascorsa. Sigismondo, dall'animo sensibile, c'era rimasto veramente male. In fondo aveva fatto un po' di università anche lui e non era da buttare quella sua discreta riserva di parole in lingua italiana a cui attingeva quando al Circolo di Cultura, tra una giocatina a carte ed un pettegolezzo sulle presunte corna del primo che girava le spalle, si parlava anche delle notizie che passava "La Sicilia". No, non poteva proprio perdonarsela quella mala figura e doveva assolutamente recuperare la perdita di autostima che gli aveva causato.

Quindi s'era chiuso in casa e, se proprio doveva uscire per gli affari domestici quotidiani, rientrava subito schivando ogni possibile incontro che gli avrebbero fatto perdere tempo prezioso.

Ma cosa era successo quattro mesi prima? Era successo che, facendo quattro passi al corso insieme a Edoardo, suo amico d'infanzia e giornalista di livello nazionale che ogni anno non mancava di venire a trascorrere qualche giorno di ferie estive in paese, si erano incontrati con un altro compaesano celebre, tale Cardaci, docente all'università di Palermo, in ferie come lui. Costui, in compagnia di una biondona, professoressa anche lei, che si faceva notare da un marciapiedi all'altro e non certo per il suo bagaglio culturale, accettò di buon grado una sosta con Eduardo, suo ex allievo, il quale gli presentò sbrigativamente

Sigismondo. Dopo i primi convenevoli, si accomodarono a un tavolo del bar Garden. Qui i tre intellettuali si erano messi a disquisire sulla teoria del pensiero debole di Vattimo e sui suoi possibili rapporti con la concezione del tempo di sant'Agostino, senza curarsi del povero Sigismondo che non sapeva come uscire dall'inevitabile isolamento dovuto alla sua completa ignoranza sull'argomento. L'imbarazzo fu ancora maggiore giacché immediatamente la signora, certo senza volerlo, attrasse gli sguardi allusivi e prolungati dei compaesani che bivaccavano seduti al Circolo Operai di fronte, a godersi quello che passava l'estate di ogni anno. Non mancò neanche qualche volgarissima battuta all'indirizzo della donna scollacciata e del fortunato Sigismondo che ne poteva contemplare da vicino le forme.

"Sarbaggi, sarbaggi siamo... C'è poco da fare!", si diceva ripetutamente nella mente e intanto aumentava il suo disagio. Finché, fattosi coraggio e trovato un piccolo spiraglio tra le dotte parole dei tre ospiti, si rivolse alla signora chiedendole cosa insegnasse nella sua università. Quella rispose con tono acido e con fare sprezzante

"Filosofia del linguaggio. Ma non è cosa che né lei né quei caproni dei suoi amici potete capire...",

ritenendolo complice dei caproni. Non bastarono le scuse per ri-
stabilire il clima di civile cordialità: la prof si alzò e fece per an-
darsene via stizzita, il marito le andò dietro senza neanche salutare e anche Edoardo levò le tende borbottando

"Sempre gli stessi siete... sarbaggi, sarbaggi! Io qua non ci torno più".

Sigismondo rimase solo davanti alle quattro granite non con-
sumate e il conto da pagare, mentre le risa sguaiate dei compaesani gli fecero provare un grande bisogno di sprofondare
negli abissi. Da quel giorno il nostro amico al circolo non potè
entrare senza tirarsi addosso lo sfottò persino del fattorino. Nei
giorni successivi Sigismondo si mise in testa di aggiornare la
sua cultura e, frugando tra le sue cose, tirò fuori i vecchi libri di
liceo con la determinata volontà di riparare le proprie lacune
scolastiche. Ora, dopo tanto studio, poteva dire di essere riuscito a capire certe cose della vita, non si sentiva caprone e poteva
mescolarsi al volgo paesano con maggiore consapevolezza della

propria superiorità. Verso la mezza di quella mattina, dunque, dopo una salutare sciacquatina alla faccia e alle ascelle, mentre si asciugava s'affacciò al balcone, guardò la montagna, respirò profondo e si sentì in pace con il creato. Poi si grattò le puden-de, guardò l'orologio e si affrettò. Prima di varcare la porta si controllò la pettinatura allo specchio, si strizzò l'occhio mascal-zone e uscì diretto al circolo, come un eroe omerico prima della battaglia che certamente sarebbe stata vittoriosa. Ma al circolo già da settimane le conversazioni non riguardavano più la sua disavventura estiva e si erano spostate su altre amenità. Il suo arrivo non destò particolari attenzioni e così, messa da parte la propria superiorità, anche lui tornò alla tranquilla abitudine di pensare alle corna degli altri tra un ramino e una briscola a cinque. Insomma anche Sigismondo aveva dimenticato la que-stione filosofica che lo aveva inquietato prima così tanto, con buona pace di Vattimo, sant'Agostino, l'amico giornalista, il prof e la sua scollacciata signora...

...Forse il tempo non esiste davvero. Almeno dentro una realtà che ho potuto esplorare con l'immaginazione e non si può inquadrare nelle categorie del senso comune o definire in modo condiviso e indiscutibile. Mi spiego meglio: durante gli eventi giornalieri tutti facciamo esperienza del tempo e ognuno ne da una propria interpretazione. Talvolta invece mi capita di ritrovarmi al limitare del nulla, dove ci sono piccoli frammenti di esistenza di cui non tutti si accorgono, briciole di umanità o di materia varia cadute qua e là, dimenticate perché ormai inutili. Mi sembra che vaghino indeterminate e anonime, fino a quando non si incontrano con un altro essere vagante come me e si mettono a esistere, una qua e un'altra là. A esistere e a parlare una lingua sempre diversa. E così mi si è apparecchiato un mondo di memorie, di suggestioni, di immaginazioni e perfino di ragionamenti, fino a poter costituire una mia personalissima "metafisica delle cose inutili", che sta oltre le dinamiche naturali e sociali nelle quali inevitabilmente mi tocca muovermi, obbediente alle leggi inesorabili del tempo.

Come una specie di lente d'ingrandimento, la metafisica delle cose inutili mi permette di distinguere ciò che normalmente non è considerato: ricordi dispersi tra mille pensieri ordinari, gioie ritagliate in forma di stelle per ornare i Natali e rimaste appese a emozioni ancora presenti, incontri casuali ma intensi con persone assolutamente ininfluenti sul mio destino personale, speranze troppo ardite, rimpianti inconfessati, sogni difficili anche solo da accarezzare, coincidenze tanto strane da sembrare magie, minimi accadimenti che hanno l'aria di essere stati finemente programmati da qualcuno, certe preghiere senza parole, certi profumi che non senti da quando eri bambino, certe assenze che sembrano presenze e altre cose ancora che sono talmente trasparenti da sembrare inesistenti. Sarà solo sterile romanticismo ad uso domestico, ma ora non voglio rinunciare più a dirigermi verso certi improbabili orizzonti dove forse avrò modo di non dubitare più che la mia vita sia stata un minimo consistente. Tra queste cose inutili ho incontrato il desiderio di scrivere un libro.

A molti prima o poi capita di volere scrivere un libro. Ma, siccome per essere scrittori veri si deve avere qualcosa da dire e sapere come farlo, spesso ho avuto la tentazione di lasciar perdere. Comunque sia, visto che con questo desiderio ci siamo incontrati più volte, finalmente ci siamo presi a braccetto e ora ci facciamo due passi. Se arriveremo e dove ancora non so. È come se davanti a me ci fosse un territorio disseminato di storie (alcune vere, altre verosimili o del tutto surreali) che vorrei raccontare e raccontandole mi sembrerà di assistere di nuovo alla loro manifestazione, questa volta seduto in prima fila, proprio come in teatro, quello del mio paese. Avendo iniziato a scriverle, mi accorgo del grottesco che è in noi e considero che proprio in quei paraggi si possono scoprire particelle di verità universale. Proprio lì smetto di pensare che la mia vita sia stata solo una fugace e furtiva comparsata nel tempo. E non è poco, se non per altro, per il fatto che in questo teatro ho patito sì, ma mi sono anche divertito e non è stato tempo perso...

(È la memoria a volare come un aquilone)

Da qualche tempo la sera, prima di rientrare a casa, passo da quel piccolo bar "Lunarossa" di via Volterra. Il colore verde-acqua delle pareti, l'odore di dolci allo zenzero, la comoda sedia in vimini, il tavolinetto vicino alla vetrina con le tendine ricamate e una buona cioccolata mi fanno sentire a mio agio, forse più che a casa mia. Fernanda, la proprietaria, è gentile e il sorriso che mi rivolge mentre si affaccenda intorno si va facendo ogni volta sempre meno di circostanza. Da qualche giorno abbiamo iniziato a scambiarci qualche parola, ma oggi proprio non mi andrebbe: il mio autocontrollo non ce la fa a mettersi di traverso al malumore che avanza. Penso alla beccaccia e alle conseguenze qualora finalmente decidessi di mandarla affanculo. Alla mia età è difficile trovare alternative di lavoro e dovrei vivere solo dei miei risparmi e fra qualche anno anche della mia pensione. Onestamente le mie risorse economiche sono di discreta entità, comunque sufficienti per vivere, persino senza dovermi lesinare il superfluo. Ma vivere senza lavoro mi terrorizza: il mio tempo sarebbe svuotato di tutto ciò che, tutto sommato, ancora mi fa sentire qualcuno. Tento di allontanare i pensieri molesti e quasi senza rendermene conto apro la borsa e tiro fuori il libro di Pino. Lo giro e lo rigiro tra le mani guardandolo come si guarda qualcosa di fragile e misterioso. Non c'è nessuno al bar mentre consumo distrattamente la cioccolata che mi ha servito Fernanda. Ora sta alla cassa e, incrociando il mio sguardo che ogni tanto vaga nel vuoto come per cercare qualcosa nell'aria attraversata dalla tenue luce della lampada rosa, con il capo leggermente inclinato mi manda segnali di curiosità. Istintivamente ripongo il libro, come per nasconderlo, mi alzo per andare a pagare e, indicando la mia borsa, mi sento in dovere di rispondere alla sua domanda non pronunciata.

– L'ha scritto un mio amico lontano, per me, credo....

– Per lei...?

– Nel senso che scrivendolo ha pensato a me. Sa com'è, a volte l'età rende nostalgici, ma io sto bene attento a non cadere in questa trappola.

– Ha ragione. Anch'io ho la mia bella età e quando penso alle cose passate mi prendo di malinconia.

– Basterebbe non pensarci alle cose passate. Quando succede è perché il presente non ci piace.

– Non sono d'accordo, sa? Il mio presente mi piace, eppure ogni tanto una visitina al passato la faccio,perché mi viene naturale e mi sento come fossi... un aquilone.

– Un aquilone?

– Sì, perché a volte vado veloce con la memoria e a volte lenta, quasi mi soffermo, come a librare nell'aria e mi becco una boccata di nostalgia. Sembra bello e invece non lo è. Poi continuo a ricordare seguendo una traiettoria irregolare nel tempo che mi fa provare le vertigini. Infine rimetto i piedi a terra e mi resta la nostalgia. La verità, caro signore, è che è la vita a volare come un aquilone e più avanti vai con gli anni più ti convinci che il suo volo è incontrollabile e sempre più veloce. Soprattutto le cose belle non puoi trattenere: al massimo ti puoi appena accorgere che ti stanno accadendo e poi spariscono, per ricomparire solo nei ricordi. È questo che mi rende triste.

Mi stupisce che questa donna che parla piano e mentre parla un lieve sorriso le addolcisce le parole mi abbia incoraggiato a dialogare con lei su un argomento che potrebbe anche prendere una piega impegnativa. Comunque non mi dispiace di proseguire in questo imprevedibile duetto. E poi, che strana coincidenza l'aquilone di questa donna e quello di Pino...

– Che il tempo voli è solo una metafora, Fernanda, per dire che la vita è breve. Il tempo non è una cosa che vola: semplicemente è una "inclinazione dell'anima", come dice uno di mia conoscenza. Le nostre esperienze ci sembrano così rapide solo perché le guardiamo dal dopo...

– ...a posteriori.

Mi stupisco di nuovo che conosca l'espressione latina e che sia capace di usare quelle belle immagini

– A posteriori, appunto. È sempre stato così, per tutti.

Scambiandoci queste considerazioni vado cercando nelle tasche gli spiccioli e pago la cioccolata. Poi bruscamente interrompo la conversazione, la saluto ed esco, lasciandola perplessa per la mia improvvisa fretta. Sento che il suo sguardo mi accompagna. Appena fuori mi viene il dubbio di essermi comportato da maleducato o perlomeno come uno che volesse scappare da qualcuno o da qualcosa. In realtà ho voluto troncare il dialogo con Fernanda perché cominciava a provocarmi un certo disagio la sua, seppur delicata, intrusione tra i miei pensieri, tutti concentrati su Pino. Ancora devo capire cos'altro c'è tra quelle parole del manoscritto e lo voglio fare prima possibile, in assoluta intimità. Diretto a casa a piedi, osservo i soliti luoghi brulicanti di persone che vanno chissà dove, portandosi addosso chissà quali pensieri. Il quartiere dove sto si trova vicino al centro: un agglomerato di case con la pretesa di essere villette signorili. In realtà si tratta di rifugi dove si sta quasi solo per dormire. Ci vivo in affitto da circa dieci anni ormai, conosco il nome delle vie, i rumori, gli odori. Le persone solo di vista. Non ho particolari frequentazioni, né tantomeno amicizie. Mi chiedo come ho fatto in tutti questi anni a riuscire a vivere solo di lavoro, senza altro a cui dedicarmi che non fosse strettamente legato alle scarpe che vado vendendo in giro per questa regione. Ma tant'è e non cerco risposte.

Rientrato a casa, trascurando di prepararmi la cena, mi butto sul divano, tiro un profondo respiro per liberare il cervello dei veleni della giornata e per qualche minuto chiudo gli occhi. Vorrei lasciarmi così, svuotato per qualche attimo, ma subito si focalizza il viso di Fernanda mentre mi osserva dalla cassa. Non ricordo che qualcuno mi abbia mai guardato così, come per scoprire cosa si agitasse dentro di me. Sì perché, a pensarci bene, in realtà Fernanda non aveva l'aria di essere interessata al libro, bensì al mio stato d'animo, intuibile dalla mia espressione probabilmente accigliata. Già, cosa pensavo in quei momenti con il libro di Pino tra le mani? Forse mi chiedevo come potrebbe essere oggi il suo viso, se quello sguardo che da ragazzo sembrava sempre in attesa che qualcosa accadesse sia ancora lì, a sperare che qualcuno si accorga di lui. Riprendo il libro dalla borsa e parto per la lettura, come per un viaggio verso una destinazione del tutto ignota.

...Chi mi conosce mi considera un malinconico cultore del bello e del buono, un pacifico idealista visionario, come dire un ingenuo allocco. Però io credo che gli allocchi siano gli altri perché non hanno capito chi sono veramente. In realtà io sono uno "triste a prescindere" e, in quanto tale, sarei capace di fustigare senza pietà gli operatori del male di ogni risma, fino a convertirli alla fratellanza universale. Non sopporto la diseguale distribuzione del benessere. Con questa specie di allergia ci sono nato. Sin da bambino mi faceva impazzire, ad esempio, il fatto che a un mio amichetto, figlio di postino, e a tutti i figli di postini, solo perché figli di postini, ogni anno per la Befana lo Stato regalava giocattoli confezionati con fiocchi colorati e luccicanti con tanto di cerimonia in piazza e a tutti noi altri bambini che guardavamo a bocca aperta invece no. Oppure non capivo perché dovessi spaccarmi il cervello invano su quel libro di grammatica latina di quinta mano mutilato delle sue parti cruciali e invece il mio perfido compagno di banco ne teneva solo per sé uno nuovo di zecca dove la consecutio temporum gli veniva imboccata come la marmellata. Mi sembrava di dover scontare la strana colpa di avere un nome dal suono di un fruscio e mi sembrava una sciocchezza portata dal vento in un angolo di strada, destinata a svolazzare di nuovo chissà dove, senza lasciare storia di sé.

A guardarla da qui, la mia vita a volte mi sembra una strada lunghissima e tortuosa, altre volte invece rapida e lineare, quasi prevedibile, come una pagina di agenda con gli appuntamenti della giornata programmata già alle prime luci dell'alba. Mi sono mosso quasi sempre al di qua dei risaputi orizzonti, tra i luoghi dove sono nato, dove però non mi è mai mancato il gusto dell'avventura, ho conosciuto migliaia di volti, ascoltato parole di uomini soli e canti di popolo come anche certi silenzi che mi hanno parlato con un alfabeto che nessuno conosce, mi sono inebriato di odori e panorami, mi sono commosso per il destino della mia gente. Ho potuto narrare ai miei figli la mia storia, talvolta esagerando con toni di enfasi ardita, ho ascoltato qualche brandello di quella di chi c'era stato prima che io nascessi.

Prima di me c'era una volta una signorina dal volto malinconico, bella come erano belle le ragazze del dopoguerra quando si agghindavano all'americana per farsi fotografare con una rivista in mano. Si chiamava Maria. E c'era anche Carmelo, barbiere, che aveva i capelli lisci e biondi e, tornato dalla guerra, aveva cominciato a impomatarseli come un attore e gli rimasero così per sempre. Per la gioia di essere ancora vivo andava sempre profumato e aveva imparato a suonare il mandolino. Lo chiamavano per fare serenate e, insieme ad altri tre o quattro amici orchestrali, faceva sognare nelle notti che avrebbe voluto non finissero mai. Lo conoscevano tutti, anche Maria che stava tutto il giorno dietro al bancone del ferramenta di suo padre, ma aveva sempre gli occhi alla strada per vederlo passare. Carmelo da lì ci passava spesso perché, vista da fuori, lei sembrava un bel figurino e, come se sapesse che lo pensava ogni momento e sognava una vita migliore con lui, un giorno si decise ad entrare per comprare dei chiodi che non gli servivano a niente. Vide da vicino quegli occhi neri e se ne invaghì.

Tante altre volte in quel negozio ci tornò per comprare sempre gli stessi chiodi. Maria sapeva che i chiodi erano una scusa e gli disse che non c'era bisogno di spendere altri soldi per cose che non gli servivano. Gli chiese se, piuttosto, volesse insegnarle a suonare il mandolino. Carmelo arrossì e le disse di sì. Dopo poche lezioni Maria e Carmelo si innamorarono sul serio e non ci fu più bisogno neanche del mandolino. Senza quella breve passione per il mandolino, però, io non sarei mai nato: solo questo so di come fu che mio padre e mia madre misero su famiglia e si amarono per sempre. Tanti momenti di questa storia non me li potrà raccontare più nessuno, li posso solo immaginare.

Del resto credo che tantissime sono le storie che aspettano di farsi raccontare e così ogni tanto vado per il paese antico come fosse una missione: cercare storie nascoste in attesa di essere scoperte e rivelate. O forse solo immaginate. È una specie di viaggio in territori sconosciuti, una breve avventura di un piccolo uomo che non si è mai deciso di riporre certe curiosità e far tesoro di quello che già sa, come fanno i saggi. In fondo i luoghi che vado a trovare, la loro luce, la memoria che conservano, i suoni, gli odori, i possibili incontri mi sono ormai quasi tutti familiari e di storia nuova sembrerebbe non poterne trovare più. Invece ogni volta una qualche storia mai vista prima è ancora tutta là e mi si para davanti con la pretesa di raccontarsi da sé. E così ho imparato ad ascoltare i rumori che solitamente stanno in sottofondo, ad osservare le cose che magicamente balzano fuori dal caos delle banalità, a sentire sulla pelle il movimento dell'aria: ogni più piccolo elemento del contesto apparentemente insignificante potrebbe darmi notizia di mondi sconosciuti.

Con questa convinzione vado avanti e da lontano mi sento osservato da una storia che aspetta con impazienza che mi avvicini. È la storia di un uomo vecchio che ancora porta il basco e lo fa con orgoglio perché aver fatto il partigiano in Francia non è cosa che si può scordare. Mi racconta la sua vita con poche parole e tanta passione, come può fare uno che ha ormai percorso tutta la sua strada. Infine mi congeda e con la mano tremante stringe lungamente la mia, come a desiderare di restare ancora lì, sotto la pergola della sua casa insieme a me. Poi mi lascia andare, contento che l'abbia ascoltato. L'uomo col basco presto non avrà più voce, né il suo racconto avrà spostato un esile filo d'erba, ma io torno ai miei passi con la sensazione di sentirmi suo compagno di viaggio.

Conosco un luogo nella parte più periferica del paese dove vado sempre più spesso. Mi metto a sedere sullo scalino di un uscio di casa abbandonata e, anziché guardare l'orizzonte che invece meriterebbe di essere contemplato come il volto di Dio, osservo il cumulo di macerie vicino che non ha mai visto il sole. L'odore di marciume sotterrato mi evoca antiche paure. Guardo adunarsi tra le pietre ammuffite tutte le solitudini che ho incontrato durante lo scorrere del mio tempo. Si aggrovigliano fra loro come riccioli di donna lasciati ad asciugare al vento. Così aggrovigliate, rimangono tra gli anfratti del vecchio muro. Ne riconosco alcune pur sbiadite come i personaggi di un sogno che sta per svanire alle prime luci di un risveglio: quella di un ragazzo partito senza biglietto di ritorno per luoghi sconosciuti, quella di chi è rimasto col desiderio di scappare, di chi nel frattempo è invecchiato e ha dimenticato i volti di molti che avrebbero dovuto ricordarsi di lui. Ci sono solitudini che invece somigliano ad un mare calmo dove tutte diventano una e non riesco a tirarmene fuori. Non ci provo nemmeno, così non aggiungo inutile fatica al già faticoso scorrere del mio tempo.

Mi alzo e vado a cercare altri angoli di case un po' più esposte al sole. Perché la malinconia, quando la coltivi, finisce per essere una mala pianta che si avviluppa a te e ne puoi morire...

... Appresa la notizia, lo sbigottimento è la prima istintiva reazione, rimani per qualche minuto senza parole, certe volte ti prendono le vertigini. Poi cominci a chiedere come fu e come non fu e infine concordi con qualcuno: "pace all'anima sua". In terzo luogo t'informi sul dove e, soprattutto, sul quando del funerale, per potere verificare immediatamente la possibilità di partecipare, dati gli impegni assunti prima, compreso quello della siesta pomeridiana. Dunque, con tutto il rispetto per il caro estinto, diciamolo... il funerale è una gran palla! Lo dico

con convinzione, testé dichiarando con estrema convinzione di esonerare chiunque dal dovere di esserci, al mio funerale dico. Perché il funerale deve essere una cosa seria e pertanto non mi va per niente che mentre io sarò là, penosamente disteso e inscatolato, esposto insieme al dolore dei miei cari, a qualcuno certamente verrà da ridere come quasi sempre succede a me in queste circostanze. E che ci posso fare se ai funerali la mia tentazione di ridere vince sempre sulla opportunità di fare il serio? È una specie di sindrome che mi ha provocato lo sguardo terrorizzato di Vicè Faralla quando quella volta, al funerale di un povero tizio, solamente durante le esequie capì di trovarsi nel posto sbagliato. Era successo che, vittima di un difetto di comunicazione sociale, aveva preso per morto uno che invece era ancora vivo. E costui si trovava, giusto giusto, proprio dietro di lui. Giratosi per il consueto gesto della pace con l'occhio languido e la mano tesa, rischiò una sincope incrociando lo sguardo del presunto morto. Si ritrasse repentinamente la mano e sgattaiolò tra la folla verso me, unico volto amico nei paraggi, per chiedermi frastornato: "Scusami, ma chi è il morto?".

Sarà il diavolo che mi insidia, ma sta di fatto che ciò che mi porto da tutti i funerali è la convinzione che in quelle occasioni ci teniamo la testa così vuota da poterci infilare dentro tutte quelle vacuità che non ci è permesso coltivare durante le normali faccende quotidiane. E così accade che durante le esequie, invece di riflettere sulla precarietà della vita e di pregare che le mani del Padre ci salvino dalla caduta libera verso l'abisso, si rimugina come trovare un sistema fai-da-te per aggiustare la serranda di casa o si cerca di far quadrare a mente i conti del bilancio familiare. Questo, naturalmente, se in quella circostanza abbiamo la fortuna di non occupare da congiunto un posto in prima fila: i dolenti veri e propri probabilmente dovrebbero rinviare tali inezie ai funerali degli altri. Ho detto "probabilmente" perché non è scontato che in tale circostanza si possa mantenere il giusto contegno. E ditemi come avrei potuto farlo quella volta quando al funerale di mio nonno (quindi mi trovavo proprio io, ahimè, tra i primi posti dei banchi dell'Annunziata) vidi il marito della cognata di una zia di mia moglie, un tale zio Tufano, pur completamente estraneo al defunto. Questi alla fine della messa, rimasto per caso incastrato tra me e mio padre, braccati a nostra volta dalla calca degli acchiappa-dolenti per le dovute condoglianze, s'incassò i baci di tutti con una espressione della faccia del tipo "io non c'entro, ma visto che ci sono me le piglio lo stesso". Le condoglianze, s'intende. Da quella volta mi è capitato quasi sempre di scoprire nella zona della "dolenza", qualcuno che, barando forse per mania di protagonismo, s'incassa illegittimamente baci e strette di mano e infine è persino contento. Capite adesso perché vorrei che il mio funerale fosse estremamente intimo? Ma mi rendo conto che ciò sarà difficile. E allora, ho pensato, potrei lasciare detto che qualcuno prenda il microfono a fine cerimonia e dica con tono solenne: "Considerando che la vita di tutti è piccolissima cosa nell'immenso mare del tempo, il nostro amatissimo prima di morire mi ha incaricato di dirvi da parte sua con sentimento fraterno: arrivederci a presto!".

Così, almeno per un attimo, sarebbero tutti costretti a pensare a me, magari toccando ferro. E il mio spirito aleggerà contento sulle loro teste piene di sciocchezze...

...In via Taormina c'era un solo albero. Sembrava attendere qualcuno a cui regalare refrigerio con la sua ombra. Era un'acacia, inclinata fino ad un paio di metri da una panchina a quattro posti che il sindaco, attendendosi il consenso dei suoi cittadini, aveva fatto sistemare lì per gli anziani del quartiere. Come ogni mattina s'erano seduti giusto in quattro per godersi un poco di frescura e nel frattempo attendevano la Morte spettegolando sui passanti in apparente stato di salute. A un tratto la Morte arrivò, ma nessuno dei quattro se ne accorse: l'acacia, ormai troppo pericolosamente sporgente sulle loro teste intorpidite dall'afa, non ce la fece più a svolgere quella sua involontaria funzione sociale e improvvisamente si spezzò. Adesso l'acacia non c'è più e il sole flagella la panchina vuota. Lì accanto una lapide bianca dice così ai clienti che escono dai vicini magazzini Scordia: "Improvvisamente strappati al tempo della vita terrena, adesso ci attendono in cielo". I passanti, stracarichi di borse piene di spesa, si fermano per riposarsi un poco, attendono per riflettere sul senso del tempo della vita terrena, poi posano a terra le borse, toccano ferro, si riprendono le borse e se ne vanno in fretta perché hanno altri impegni. E siccome passare da lì potrebbe portar male, la gente adesso preferisce andare a fare la spesa da un'altra parte con grande disappunto del signor Scordia.

Dopo avere atteso invano fino alla fine dell'autunno che i suoi vecchi clienti dimenticassero il triste episodio e tornassero da lui, ha scritto una lettera al sindaco, chiedendo la rimozione della improvvida lapide per giustificati motivi economici dell'azienda, certamente più importanti ed urgenti di un sentimentale quanto effimero riferimento ai quattro trapassati. Ma il sindaco, anche se è attento ai bisogni dei propri cittadini, non ha mai tempo e sembra che le lapidi non facciano parte della sua agenda di lavoro. Io, da parte mia, attendo che la pianta ricresca, questa volta un po' più dritta, perché la mia città sia sempre a dimensione dei bisogni dell'uomo. Così un giorno potrò anch'io sedermi con qualche amico su quella panchina, evitando, se possibile, di svagarmi con il pettegolezzo. Attenderò

anch'io la Morte, ma sperando che non arrivi per causa dell'a-
cacia: l'ombra d'estate è troppo bella...

...La sua era un'intelligenza geniale. Lo si capiva da come
guardava le cose in ogni loro minimo particolare, da come sce-
glieva accuratamente le parole per parlare delle cose del mondo. Aveva opinioni sempre radicali, banali mai, risultato di
analisi quasi maniacali, con una straordinaria capacità d'immaginare scenari inverosimili che andavano dal genere comico
al tragico. Li rappresentava con la sua particolarissima gestua-
lità istrionesca in forma di monologhi sui massimi sistemi che
ogni tanto propinava ai suoi pochissimi amici, alternando profonde considerazioni e battute irresistibili. Senza misura era
anche la sua diffidenza nei confronti del cosiddetto progresso
che per lui era solo un termine inventato dai padroni per ca-
muffare i loro continui furti all'umanità. Per suo istinto naturale viveva continuamente in trincea, finché un mattino cedette
il fronte e, mentre si allacciava le scarpe, morì. Ma almeno una

soddisfazione l'aveva strappata a quei potenti di merda: era riuscito a dar voce alla Gran Fonte che ancora oggi a modo suo parla, anche se nessuno la sente.

Ma cominciamo dall'inizio.

Dopo una intensa adolescenza trascorsa tra i furori anarchici con l'illusione di potere cambiare questo schifo di mondo, Tano, messi i piedi per terra, s'era fatta una famiglia. Non aveva smesso, però, di coltivare un sordo odio contro tutte le autorità e l'unica cosa che riusciva ad amare veramente, oltre a moglie e figli, erano le sue origini, legate in modo indissolubile alla Gran Fonte e al suo quartiere. Era un amore appassionato il suo e lacerante era la rabbia nel sentirsi impotente contro gli attacchi della modernità all'amato fontanone. In effetti torto non ne aveva: anche Vittorio Sgarbi quella volta che passò da Leonforte aveva detto che quei lampioni installati proprio di fronte alla fontana erano "contraffazioni, esagerate sovrapposizioni di pessimo gusto, adeguati solo a impiccarci quelli che li avevano scelti". Ma anche decenni prima, ai tempi delle gloriose giunte rosse, era avvenuto che proprio sul frontale del vetusto monumento un bel giorno era spuntata la scritta a caratteri cubitali VIETATO IL LAVAGGIO DELLE AUTO, opera dello stesso ufficio tecnico comunale: ci vollero almeno trent'anni perché lo scempio fosse cancellato dalla provvida azione del tempo. Insomma, innumerevoli erano state le ferite inferte sotto gli occhi di tutti e Tano, dopo arrabbiatissime e inefficaci proteste, queste cose non le sopportava più. Finché un giorno decise di cambiare tattica: sarebbe passato dal combattimento frontale alla guerriglia, come ai vecchi tempi della lotta partigiana. Si sarebbe avvalso di un segreto che custodiva gelosamente sin da quando, profondo conoscitore di ogni palmo del suo territorio, una volta, cercando tra gli anfratti del vallone sottostante il quartiere, il suo straordinario intuito gli aveva fatto individuare nientemeno che le misteriose scaturigini dell'acqua della fontana, da secoli consegnate dalla fantasia popolare al mito e di cui nessuno s'era mai più interessato. Tano tenne la scoperta per sé, finché un giorno, forse presagendo l'immatura fine, me la rivelò in nome dell'antica amicizia e mi espose un piano per cui aveva bisogno della mia fidata collaborazione: sarebbe stato per lui un gioco da ragazzi potere controllare il flusso del prezioso liquido con un marchingegno che aveva già in mente. Si rinchiuse per giorni e giorni nella sua casa paterna che, pur nella sua estrema umiltà, si ergeva fiera di fronte al monumento e si dedicò senza sosta alla elaborazione del progetto. Finalmente il piano potè aver luogo: ogni qualvolta il Comune o qualsiasi altra autorità costituita si fosse macchiata a suo giudizio di una colpa nei confronti della gloriosa fontana, Tano avrebbe semplicemente alzato una leva collocata nell'innesto applicato in un punto segreto dell'impianto idrico comunale e magicamente il prezioso liquido avrebbe smesso di scorrere dai ventiquattro cannoli. Così lasciò per più volte e per periodi sempre più lunghi in azione il comando di chiusura, nella speranza che i suoi compaesani capissero una volta per tutte la lezione.

Ora che lui se n'è andato, la Gran Fonte è rimasta per sempre senza lo scroscio dell'acqua corrente perché Tano ha lasciato la leva in azione. Ora è come se quel silenzio volesse denunciare per sempre le ripetute malefatte del potere, proprio come faceva

Tano quando era in vita. Prima o poi qualcuno dovrà pure farsi qualche domanda e allora chiamerà me, sospettando la complicità con il mio amico. Io che mi sentirò un partigiano prigioniero del nemico (e poi non capisco un'acca di idraulica) non mi sogno nemmeno di mettere le mani nel capolavoro di Tano. E non ne rivelerò l'esistenza, neanche sotto tortura. Sono certo che lui, pur essendo ora puro spirito, sta apprezzando e ridendo sotto la barba, finalmente sereno mentre si lava le braccia sotto il suo cannolo preferito: il quarto a partire da sinistra...

(Per fare i comunisti ci voleva il cuoio duro)

Apro la finestra per far cambiare l'aria di questa stanza e do uno sguardo fuori. C'è poco da guardare, da scoprire. Ci vorrebbe la fantasia di Pino per rendere interessante questo panorama. Il fumo che esce con sforzo lento e continuo dal comignolo della palazzina di fronte ha l'odore di certe atmosfere del mio paese e mi riporta lì. Penso a quella stramba vitalità che animava le mie giornate di ragazzo e che chiamavo impegno politico, mentre andavo consolidando la convinzione che ciò che mi spettava per diritto naturale (un lavoro gratificante, la libertà di non volerne, il mangiare, i libri, le sigarette) dovessi strapparlo con i denti per me e per i proletari di tutto il mondo con la rivoluzione, così come Carlo Marx mi aveva insegnato affidandomi la missione di correggere il corso della storia insieme alle masse dei diseredati. Buttai alle ortiche ogni riflessione sulle cose della fede cristiana che mi erano stati inculcate da catechisti ignoranti e studiai con famelica curiosità il materialismo storico, cercando le ragioni profonde per scegliere di essere dall'altra parte della barricata, cioè comunista. In realtà per fare i comunisti ci voleva il cuoio duro che io non avevo. Comunque, tra molti dubbi sull'esistenza di Dio e qualcuno sulla sua inesistenza, i frequenti innamoramenti, le crisi di coscienza un giorno sì e un giorno no, i doveri scolastici e le goliardate con gli amici, andavo facendo i miei primi passi nel mondo della politica paesana. Dalla semplice partecipazione a qualche assemblea cittadina nella sezione comunista all'ingresso nel direttivo come "rappresentante dei giovani" il passo fu breve. Le riunioni-fiume venivano convocate settimanalmente e a ognuna mi sembrava doveroso esserci, come fosse un tributo all'umanità dolente, in nome di quei giovani che nel frattempo là fuori se la spassavano alla faccia mia. Insomma, la militanza richiedeva un impiego esagerato di tempo e, di conseguenza, andavo considerando che, pur essendo una scelta ideologica, fosse anche una vera rottura di palle. Nonostante ciò, con un pugno di amici condividevo questa passione che non mancavamo di condire con il vizio di ridere persino delle cose più serie. Certe volte, in presenza dei compagni anziani, trattene-vamo la risata che ci partiva dalla pancia con semplici sguardi d'intesa, oppure, fuori dalla sezione, veniva pre-parata con geniali trovate per poi esplodere fragorosa, lasciandoci storditi e inconsapevoli dello stato di grazia dovuto al fatto che eravamo giovani inesperti della vita: per noi il tempo vissuto non aveva ancora minimamente scalfito la certezza che tutto sarebbe andato sempre per il meglio. Certo, questa pratica avrà potuto rallentare lo sviluppo del nostro senso di responsabilità, ma credo che nessuno di noi ne abbia dovuto scontare conseguenze irreparabili. Era sempre Pino a ricordarci i drammi della condizione umana e il dovere di un impegno serio verso gli altri. Ma, dopo appassionate discussioni notturne su e giù lungo il corso, concordavamo all'unanimità di annacquare il tutto con una sana goliardata: momentaneamente l'umanità poteva fare a meno di noi. Insomma, scambiammo la missione di salvare il mondo per un qualcosa a cui dedicarci con impegno sì, ma con leggerezza allo stesso tempo, come fanno i bambini quando giocano. Non ricordo più come fu che qualcuno di noi finì anche per assumere responsabilità pubbliche. Sta di fatto che ridendo e scherzando arrivammo alla fine degli anni Settanta e, già con una discreta esperienza sulle spalle e una notevole notorietà paesana, a giocare ci voleva davvero coraggio. Coraggio o incoscienza.

O forse una certa filosofia di vita che lentamente andavamo strutturando così come potevamo, ragazzi ormai impigliati tra le pericolose trame della politica. Ci smaliziò prematuramente l'esempio poco edificante di vecchi compagni, induriti dalle dure battaglie del dopoguerra, ma, dopo che quei tempi erano passati, pronti a sfasciarsi le sedie addosso per un grammo di potere all'interno della sezione, mentre i problemi veramente importanti del paese e del mondo stavano lì da tempi immemorabili e lì restavano in attesa paziente.

D'altra parte in quegli anni la strategia della tensione ce la sentivamo in casa e credevamo che davvero si potesse fare la fine dei compagni cileni di Allende. Invece che cercare le ragazze o fare gli autostop per raggiungere i luoghi lontani, stavamo ore e ore dentro la sezione comunista in compagnia di contadini in pensione, avvolti da un'acre odore di piscio e tabacco, per dirimere intricatissime questioni dovute ad antichi rancori tra narcisi capipopolo o per cercare di capire cosa volesse dire il compagno Lenin con quel titolo dato a un suo trattatello politico "Che fare?". Di fronte all'avanzare del capitalismo si doveva comunque stare al fronte, uniti per preparare la società del domani. Durante riunioni interminabili consumammo energie ed entusiasmo, tutte destinate a un nulla di fatto.

Ora Pino mi sta conducendo in una specie di percorso della memoria che non mi sarei mai aspettato d'intraprendere un giorno. Riconosco che averlo evitato per così lungo tempo è stato una specie di tradimento. Dopo tutti questi anni ho completamente dismesso tutto l'armamentario della mia militanza politica. Tante volte ho avuto tentazioni revisioniste per poi abbandonare del tutto ogni speranza che il mondo si potesse salvare, o in un modo o nell'altro. Nulla mi è rimasto dei nostri tempi eroici e di tanto slancio nell'affermare la nostra giovanile intraprendenza: né le responsabilità assunte, né i complicati discorsi sulla linea di partito, né le questioni mai risolte sui massimi sistemi che agitavamo per strada o al bar come fossero partite di calcio. E neppure le nostre irrefrenabili risate, quando ci raccontavamo le storie che prendevano vita per la capacità che avevamo di evocare ciò che stava latente, oltre le apparenti scene di ordinaria vita paesana.

I miei amici, quelli sì, me li ricordo ancora se decido di farlo, come se fossero ancora lì al bar Garden, ad aspettarmi per iniziare la nuova impresa del giorno. Pino era quello fra noi che riusciva a proiettarsi lontano, tanto lontano che a volte ci sembrava un visionario, uno a cui non era prudente dare degli incarichi precisi o chiedere contributi alla soluzione di un problema contingente. Pino non era affidabile. Eppure senza di lui il nostro gruppo non avrebbe avuto un carattere distintivo, uno spirito, quello che rende viva ogni cosa unica al mondo. Non avremmo conosciuto la passione, motore della nostra compagnia.

Poi il vento cambiò e così, bruscamente per qualcuno, lentamente per altri, venne il tempo di fare cose diverse. Pino rimase tra i compaesani a condividere con loro le pene di quella terra disgraziata. Perdemmo i contatti dato che, com'era naturale che fosse, seguimmo ognuno la nostra strada senza averne chiara la direzione e ci allontanammo gli uni dagli altri, tutti affamati di nuovi orizzonti.

Chissà adesso chi di noi saprebbe riconoscere ciò che ha determinato il corso del proprio destino. Forse qualcuno avrà fatto un bilancio ogni tanto, anche uno solo, per cogliere un barlume di senso e poter fare gli adeguati aggiustamenti di rotta. Io non ho mai pensato di fare bilanci della mia vita. Già la parola "bilancio" mi sa di stasi, di interruzione di un percorso. Se poi si specifica "della vita", mi pare davvero un significante senza un significato concreto, un'espressione vuota, retorica, buona solo per chi si nutre di aria bollita e si perde la vita, quella vera. La verifica, quella sì, va fatta, ma sulle cose che ti trovi fra le mani, con gli strumenti di cui disponi al momento. E la verifica stessa va fatta in movimento, senza dover perdere tempo e concentrazione sull'azione che stai per svolgere, se la vuoi fare con la certezza dei risultati programmati. La vita è talmente breve che non puoi perderne neanche un po' a guardarla che ti passa davanti mentre tu stai seduto a farne il bilancio. E poi, se mi soffermo a guardare il mio passato, mi accorgo che la prospettiva mi risulta sempre distorta. Come distorta mi giunge l'immagine del mondo che non ho mai visto personalmente. E allora mi sono convinto che il mondo di cui interessarmi è quello che c'è dove poggiano i miei piedi, sotto il mio stesso cielo. Così il passato e il futuro non esistono, se non nella mia testa e nel mio presente.

Il corso della mia vita mi ha portato ad essere sempre più pragmatico e a minimizzare le esperienze interiori, fino a considerare inutile tutto ciò che non si possa definire con certezza oppure risolvere con una sana e razionale spiegazione. Sempre in viaggio a vendere scarpe all'ingrosso, ho guardato più piedi io che il calzolaio dell'esercito americano. Sarà per questo che per istinto, incontrando qualcuno, lo giudico a partire dal basso, da come cammina. Non ho mai avuto una "donna per sempre": mi sono sempre tenuto lontano dal rischio di dover condividere la mia intimità con una compagna: già la presenza in casa mia della donna delle pulizie mi mette ansia. Non guardo mai il cielo se non per vedere che tempo fa e non mi perdo in elucubrazioni mentali, fantasie e sterili dubbi o supposizioni. Per me una cosa o c'è o non c'è, senza tentennamento alcuno: i conti mi debbono quadrare sempre. E cos'altro dire di me oggi? E a chi dirlo, poi? Non mi serve niente e nessuno per continuare a vivere come ho vissuto finora, anzi mi tengo ben lontano da tutto ciò che potrebbe destabilizzare minimamente ciò che mi sono costruito in tanti anni di duro lavoro e salutare solitudine.

Leggendo e rileggendo queste pagine, vengo a sapere che Pino vive ancora da quelle parti e, come fuori dal tempo, non è più impegnato ad affliggersi per i guai degli altri. Anche lui si dedica solo a cose che non turbino le sue giornate, ma in un modo diverso da come faccio io. La sua figura mi appare sempre più chiara e definita, fino al punto di diventare un personaggio che nella mia testa vive di vita propria, oltre Pino stesso: ha iniziato a coltivare la passione per la pittura, legge opere della letteratura russa e ascolta musica classica. Da quando non lavora più, fa lunghe camminate, attraversa lentamente i vicoli del paese, fa qualche foto, scambia qualche parola con qualcuno, anche se preferisce concedersi un dialogo muto con le sue visioni. Il mio personaggio ha preso la salutare abitudine di alzarsi prima dell'alba. Gli piace quel silenzio blu carta da zucchero che viene dal cielo e ha preso a interrogarlo dal suo balcone prima di ogni altra operazione mattutina, per predisporsi ad accogliere con curiosità le alterne vicende giornaliere che lo aspettano. Anche col brutto tempo esce e va, senza meta, con i folti capelli al vento e le mani dentro le tasche di un vecchio giaccone che gli ha lasciato il figlio maschio, partito come le sorelle per cercare fortuna: così li sente in sua compagnia, come quando se li portava all'avventura. Quando tornavano, sporchi di fango e sudati, si raccontavano la felicità di avere toccato un bue o aver visto schizzare un coniglio tra i rovi e gli faceva credere che l'indomani avrebbero fatto cose ancora più belle, li abituava insomma alla pratica dell'ottimismo. In realtà l'ottimismo non è mai stato un aspetto del suo carattere, anzi per lungo tempo aveva pensato che chi lo sbandierava a modello di comportamento fosse un pavido cretino che, incapace di affrontare la dura legge della vita a cui nessuno può scampare, simulava fiducia nella provvidenza come se fosse una medicina universale che avrebbe guarito tutti i mali della terra. I suoi giudizi irreversibili condizionavano inevitabilmente le sue scelte. Nobilitava le sue convinzioni qualificandole coerenti con una lucida e sana visione della storia del mondo, ma in realtà erano delle prese di posizione dalle quali non riusciva a recedere di un centimetro, neanche di fronte all'evidente fondatezza delle ragioni altrui. Era irrimediabilmente pessimista e quindi triste per posizione ideologica. Questo avveniva durante gli anni della sua giovinezza. Poi, però, andò cambiando, così come accade a tutti, purché non si sia cretini.

Una mattina, alla soglia della vecchiaia, si accorge di essere ancora vivo e considera che, tutto sommato, questa è la cosa più importante di cui prendere atto e sentirsi felici. Sì, perché a venti anni era certo che non sarebbe arrivato ai venticinque: ci sarebbe stata la rivoluzione e lui sarebbe morto fucilato dai fascisti. Aveva fatto questo sogno una notte del '71 ed era diventato il suo pensiero fisso. Poi, invece, ai venticinque ci arrivò: la rivoluzione non c'era stata e i fascisti, anche se picchiavano ancora e qualche volta mettevano le bombe, non sarebbero riusciti mai a fucilare nessuno. Ebbene, quella mattina decide che è il tempo giusto per cominciare a fare un bilancio della propria esistenza scrivendo un libro autobiografico. Ma per far questo sarebbe necessario il supporto di qualcuno dei suoi ricordi che da un po' di tempo, però, scappano dalla sua testa come da un posto inospitale perché troppo affollato e caotico. Tenta di acchiapparne qualcuno per cercare di capire come è arrivato sin lì e, possibilmente, perché. Ma troppo poca roba e così rinuncia all'impresa, almeno per quel momento, e si dedica alla scrittura episodica come fosse per giocare con la sua antica ironia. Intanto la luce del giorno scavalca la collina prima del sole accecante che da lì a qualche ora sfumerà ogni forma e colore in una specie di liquame giallastro che lui non ama perché lo crede foriero di disgrazie, oltre che di insopportabile languore del corpo e dell'anima. È il momento che preferisce per uscire di casa e andare "all'avventura".

E intanto io continuo a seguirlo tra queste sue pagine.

...*Primi anni Settanta. Condividendo il pessimismo cosmico leopardiano, come spesso mi capitava, avevo lasciato la mia Recanati per andare a lavorare come cameriere ad Arenzano, il luna park della costa ligure per i milanesi benestanti di quegli anni. C'ero arrivato spinto da quella specie di venticello che senza farsi troppo avvertire mi ha condotto sempre tra i complicati nessi di causa-effetto degli innumerevoli accadimenti, talvolta anche banali, della mia storia personale.*

Compagno di avventura fu un certo Guasco, detto così per via delle guasconate di cui era capace, il quale, non avendo la mia stessa formazione romantico-letteraria che mi faceva triste e riflessivo, prendeva tutto con sfrontata leggerezza e audace pragmatismo. Dopo un mese di lavoro da schiavo in un ristorante, trovai il coraggio di notificare al principale la mia decisione di licenziarmi. Quello, infuriato come una bestia perché lo stavo lasciando solo in piena stagione, mi sbattè in faccia 80 mila lire e mi cacciò dal locale senza nemmeno dirmi ciao.

Fuori però potei respirare profondamente e sentirmi fresco e leggero: niente orario, niente doveri di lavoro o filiali, niente sensi di colpa, niente impegni scolastici. Libero come un fringuello e con i soldi in tasca, un tesoro mai visto, io-Pinocchio e Blasco-Lucignolo andammo al mare dei ricchi e noleggiammo un pedalò.

Ci divertimmo come due bambini per tutta la mattinata. Naturalmente senza saper nuotare, ma non ce ne ricordammo nemmeno. Ci sedemmo poi al bar del lido, bruciati dal sole e beati in tutto quel paradiso. Ma, mentre la brezza del mare mi accarezzava la pelle e un jukebox vicino suonava "Io vagabondo" dei Nomadi, Lucignolo mi scosse dall'estasi con una gomitata e mi indicò il nostro pedalò con un'espressione allusiva.

Io conoscevo la pericolosità di quella espressione per averla vista altre volte, quando poi d'istinto faceva in pubblico delle cose assurde per provocare l'odiata borghesia e coinvolgendomi senza pietà, mentre avrei voluto sprofondare negli abissi di fronte agli sguardi scandalizzati dei villeggianti. Ma quella volta la "cosa" da fare allettò anche me che stavo vivendo il primo momento anarchico della mia vita.

Mi espose l'idea che gli era venuta dopo aver fatto un rapido calcolo approssimativo dei chilometri che avevamo percorso pedalando in acqua avanti e indietro lungo la linea della spiaggia per tutta la mattina. Certamente il risultato del calcolo non era minimamente plausibile, ma non ci demmo il tempo di fare una seria verifica.

Sta di fatto che da una sua proiezione iper-creativa delle distanze, gli era sembrata possibile, procedendo sempre nella stessa direzione, tornare in Sicilia con quel mezzo che avremmo prima noleggiato e poi facilmente trattenuto a tempo indeterminato, cioè rubato. Considerava realistica l'impresa anche perché, qualora avessimo incontrato delle difficoltà, avremmo sempre potuto mollare il pedalò e proseguire il viaggio in treno. Sembrò anche a me che fosse un progetto lineare e senza rischi. Pazzo scatenato il suo ideatore e scemo io, naturalmente.

Passammo quindi alla fase operativa: l'incarico dello scemo era quello di procurare una corda ed un paio di coperte per la notte, il pazzo avrebbe pensato a un generico resto. Il tutto entro la settimana successiva.

Se non che all'indomani, telefonando a casa, mio padre mi intimò di tornare immediatamente: l'Opera Universitaria mi aveva assegnato un "presalario" arretrato di 500 mila lire, per cui era obbligatoria la mia presenza in paese per ritirare quei soldi che servivano urgentemente per la sopravvivenza della famiglia.

Così il progetto naufragò tra gli scogli della Necessità. Ma, nello stesso tempo, mi salvai da una inevitabile fine, tanto drammatica quanto ingloriosa.

Si era esaurito il mio momento anarchico e ripresentato il senso di responsabilità. Fu il destino? La Provvidenza? Il caso? Oppure una banale botta di culo? Forse oggi non è importante per me stabilirlo. Certo è che dopo quella volta non ho più provato l'ebbrezza di quella mattina di mare e nel prosieguo della mia esistenza, contenendo le intemperanze e accollandomi responsabilità sempre più grandi di me, mi sono perso il gusto di tanta parte di spensierata gioventù.

Oggi al mare ci vado poche volte e solo con la famiglia. Mentre sono lì, mi sorprendo a scrutare l'azzurro per vedere se ci sono pedalò. Quando ne vedo qualcuno un brivido mi accarezza la pelle e mi viene voglia di cantare a squarciagola la vecchia canzone dei Nomadi. Ma non ne ho il coraggio e me la canto nella mente...

...Meno male che talvolta certi momenti di solitudine hanno il vantaggio di far gustare delle libertà che di norma ci sono vietate, per esempio quella di fare i cretini. Io questa libertà me la prendo spesso: faccio le facce davanti allo specchio, parlo senza dire niente o scrivo delle sciocchezze che mi vengono in mente.

Le sciocchezze sono come il pulviscolo: si librano nell'aria impalpabili e trasparenti. Senza che te ne accorgi ti possono entrare dentro per riempirti la mente e il cuore e non valuti che si tratta solo di sciocchezze. Io ne faccio collezione, ma prima le guardo in controluce fino a quando i miei occhi si sono abituati a resistere alla loro attrazione. Così posso scegliere solo quelle che mi servono per provare l'esperienza della meraviglia, per cui dedicarsi alle sciocchezze non vuol dire necessariamente essere sciocchi. A dire il vero ogni tanto qualche dubbio mi viene e allora mi do da fare per trovare prove inconfutabili che la sciocchezza possa essere una buona medicina contro i mali dell'anima.

E di sciocchezza in sciocchezza cerco di andare avanti, facendo l'equilibrista sulla linea di confine tra la filosofia, la poesia e la barzelletta...

...Un cultore raffinato di sciocchezze è stato mio zio Turi e avrebbe potuto aprire una scuola: io sarei stato il suo allievo più diligente. Aveva la capacità di suscitare il mio stupore per le cose che diceva e faceva, per poi mostrarmele con l'enfasi di uno che sembrava avere scoperto l'America. Ogni sua sciocchezza era una macchina della meraviglia. Con l'America in un certo modo lui ebbe a che fare durante la guerra quando, appena bambino, con le sue trovate riusciva a spillare ai soldati canadesi provviste sufficienti a far tacere la fame di quei giorni. Anche negli anni cinquanta, quando una sorella di suo padre contribuì al piano Marshall inviando alla famiglia da New York dove era emigrata prima della guerra pacchi pieni di cianfrusaglie di ogni genere, a lui toccarono cose mai viste: una macchina a molla di latta colorata, una maglietta a strisce orizzontali blu e bianche, due scatolette di alluminio con delle illustrazioni dentro, delle matite colorate, alcune cartoline di Natale con le stelle luccicanti, un vasetto di brillantina, dei bottoni di varie forme e colori e americanate di ogni genere. Persino un pezzo di paracadute. Conservò tutto come un tesoro in una cassetta di legno. So di queste cose perché molte di quelle preziosità passarono a me quando lui diventò giovanotto e i suoi interessi divennero più ricercati. Passò a me il suo tesoro e con esso un anticipo di stupore per il mondo con cui ancora oggi ho la fortuna di saper giocare.

Crescendo alla distanza di tredici anni l'uno dall'altro, lui non smise di divertirsi con me con trovate talvolta anche estreme. Infatti, la mia naturale curiosità per le cose che mi propinava con innocente cinismo mi portò spesso a dovermi confrontare con la paura che però andavo imparando a controllare per non perdermi la sua stima. Fu paura quando, con aria solenne, mi regalò un giocattolo di discutibile funzione educativa: una minuscola bara di legno, morto compreso, costruita con le sue mani. Se si spostava il coperchio, il morto si alzava di scatto, spinto da una molla: "per diventare coraggioso", mi disse. Anche quando mia mamma, per proteggermi dalle sue bravate, gliene disse di tutti i colori, lui non desistette mai dall'impegno nell'iniziazione del suo primo nipote maschio. Una sera d'inverno si mise in testa di insegnarmi a guidare il suo moschitto a tre marce. Mi portò all'inizio della strada che passava davanti al cancello del cimitero, mi disse due tre cose sul funzionamento del trabiccolo e mi lasciò andare al mio destino, impietosamente. Andai poco convinto e infatti il motore s'ingolfò proprio davanti al cancello del luogo più temuto del paese. Per tornare da lui dovetti spingerlo disperatamente fino allo spasimo, tanto che ancora oggi, se posso, evito quella strada e non perché ci sono le buche. Provai anche la paura del rischio quella volta in cui mi fece complice del furto di una gallina che allegramente razzolava sotto la sua casa. Attratto da un'esca attaccata a una trappola per topi calata nottetempo dal balcone con un laccio, il povero animale fu sollevato dalle sue mani d'oro fino all'altezza del balcone e l'indomani diventò il pranzo per noi due. In campagna, davanti al piccolo falò per lo spiedo, diventammo Blek Macigno lui e il suo fido Roddy io. Dopo la paura restò la grande meraviglia, come sempre avveniva. Questi erano i suoi giochi, di poco conto nella realtà, sciocchezze appunto, ma, siccome avevano effetti attesi con l'immaginazione di bambino, abilmente alimentata dal suo parlare uguale a quello degli eroi dei film, per me erano leggenda.

Con l'età matura arrivò il momento del lavoro, prima in Piemonte e poi nel negozio di "Ferramenta e Colori" di cui divenne titolare dopo la gestione paterna. Lì, disponendo di una infinità di materiali di ogni genere, espresse al massimo la sua creatività nel risolvere i piccoli e grandi problemi logistici dei clienti e nel creare con niente cose con cui avrebbe stupito familiari ed amici: dai presepi parlanti con la sua voce dall'accento siculo-torinese, ai marchingegni utili per usi particolari, oppure completamente inutili (un cacciamosche a scatto multiplo, un fischietto a stantuffo per richiamare i fantasmi, una mangiatoia a numero chiuso per i suoi conigli d'allevamento, un sistema per lo spostamento di massi enormi col minimo di fatica o per far funzionare al contrario una sveglia). Anche da un banale chiodino gli nasceva l'ispirazione e così nelle sue mani diventava un elemento di una geniale invenzione.

Mi sembra impossibile, ma il tempo è passato anche per mio zio Turi che, oltre a giocare, nella sua vita ha saputo anche soffrire tanto e infine morire. Nei suoi ultimi giorni, dopo avermi parlato dei suoi dolori, gli chiedevo di raccontarmi qualche sua storia esagerata di una volta. Lui ci stava, io ridevo e poi me le portavo a casa per raccontarle come se fossero le mie. E così ci facevo la mia bella figura di persona speciale, di uno che non *invecchia mai perché crede che la vita sia sempre una bella invenzione...*

...La prima volta che capii di avere una particolare attitudine per le invenzioni fu a otto-nove anni. All'epoca la mia famiglia viveva in una casa di una sola stanza e io dormivo ancora nella culla perché per un letto normale non c'erano né lo spazio né i soldi. Nella parete di fronte era appeso il ritratto di nonno buonanima che mi guardava come se mi rimproverasse qualcosa che io non potevo capire e la cosa mi teneva in un costante stato d'inquietudine, per cui escogitai un fotomontaggio in perfetto stile dadaista: appiccicai sopra i suoi severi baffoni la bocca voluttuosa di Sofia Loren a colori, ritagliata dal una rivista di moda di una mia zia, con grande disappunto della nonna che mi punse le mani con un ago per non farlo più. Quando i giocattoli non si potevano neanche sognare, giocavo assemblando piccole povere cose trovate qua e là e procedendo per tentativi ed errori, finché non vedevo qualcosa che mi somigliava a qualcos'altro ed ero contento. A volte veniva fuori un oggetto veramen-

te pericoloso, come quel razzo fatto con tre cerini e un po' di cartoncino che imprudentemente azionai sotto le gambe della nonna addormentata sulla sedia. Di sicuro a causa dello spavento le si accorciò di qualche anno la sua pur lunga vita.

Poi vennero gli anni dell'adolescenza e il principale campo di applicazione della mia capacità inventiva fu la scuola: trascorsi più tempo a inventare sistemi per ottenere buoni risultati senza toccare libro che a studiare. Devo dire che in questa impresa diedi il massimo, anche mercé la complicità di alcuni miei compagni. In particolare, il mio amico Armelio mi fece da maestro. Ad Armelio niente e nessuno poteva far dubitare che le sue invenzioni fossero praticamente perfette, come quel marchingegno col quale credeva di potere farsi passare la copia del compito di latino in classe, pur controllati a vista dallo sguardo attentissimo del professore. Si trattava semplicemente di un sottilissimo filo di cotone con i due capi legati a due rocchettini e, al momento convenuto, teso tra i nostri due banchi, ultimi delle due file più vicine: semplice e geniale, ma anche folle credere che potesse funzionare. Da un capo io svolgevo e dall'altro lui avvolgeva: la copia che vi avevo accartocciato si dirigeva lentamente verso il destinatario. Quando, dall'alto della sua saggezza, il professore capì tutto il procedimento messo in atto e, quasi divertito dal fogliettino che si andava librando in aria come una farfallina, seguì il corso delle cose fino alla sua conclusione. Poi fece la voce del cerbero e intimò la consegna immediata della farfallina. Armelio non si potè mai capacitare del fallimento subìto.

Successivamente imparai a progettare invenzioni di tipo, come dire, funzionale: una bacchettina sfoglia-libro per studiare la sera a letto senza dovere tenere le braccia fuori dalle le coperte, il gonfia-palloncini eolico per bambini stanchi e senza iniziativa, la sputacchiera-bersaglio per ingannare il tempo durante la fila alla posta, la giacca senza tasche per persone nullatenenti, la bicicletta a manovella che si poteva guidare con le gambe accavallate e tante altre belle cose che non sto qui ad elencarvi. Con una tale formazione acquisita vorrei ora professionalizzare la mia passione, mettendola possibilmente al servizio della mia comunità cittadina. A tale proposito ho già un vasto campionario di idee veramente rivoluzionarie per ogni tipo di esigenze. Il parroco non riesce a far fare silenzio ai bambini durante la messa? Ho messo a punto il progetto del "bimbozitto": un meccanismo montato al posto del lampadario centrale che, comandato dall'altare maggiore, acchiappa il monello per le spalle, lo dondola un poco e poi lo scaraventa in un apposito "bimbattatoio" insonorizzato posto in fondo alla chiesa. Ho inventato un codice di comunicazione a bandierine per consiglieri comunali muti. E poi un manuale pratico per l'uso corretto del congiuntivo per insegnanti analfabeti di ritorno, una birra che fa venire la voglia di lavorare agli impiegati comunali che hanno dimenticato dov'è la loro scrivania...Insomma, le mie idee non ho più dove metterle. Dovrei cominciare a pensare di venderle. Il cliente ideale sarebbe il mio Comune che potrebbe iniziare una vera azione riformatrice con l'ultima mia idea: seppellire i morti in posizione verticale. Immaginate quanto spazio si potrebbe guadagnare...

Al posto dell'attuale cimitero, ci farei un grande mercato dove ogni leonfortese potrebbe esporre le proprie idee e venderle. Diventeremmo tutti ricchissimi subito...

...Quel rosso che vedo occhieggiare tra i panni stesi tra i muri di quelle vecchie case mi ricorda storie che si mescolano con questo odore di peperoni fritti, allo sguardo diffidente di un vecchio seduto su un gradino, alla forte luce che inonda la valle. Insieme alle note di "Bandiera rossa", mi risuonano ancora gli appassionati comizi di quartiere. Mi sembra che questi luoghi conservino ancora le nostre parole sul potere proletario, la libertà, la giustizia, il riscatto dei poveri, la pace nel mondo. Ad ascoltarle c'erano solo poche comari vestite di nero, indaffarate con la scopa o a badare ai bambini che scorrazzavano sull'acciottolato. Aspettavano che l'oratore dicesse qualcosa sulla fontanella rotta da mesi e del resto non capivano nulla. Eppure il comizio di quartiere, per il suo clamore, le bandierine di carta e la pioggia di volantini era un evento che per un paio d'ore faceva dimenticare la povertà e i lutti, una specie di festa. Grande era la mia emozione di ragazzo in missione per salvare l'umanità. Quel ragazzo con la barba non poteva capire che la sua militanza politica in realtà era una dedizione totale a ideali che sarebbero stati spazzati dal tradimento della storia, mutati in sterile anelito al bene universale. Non poteva immaginare che oggi, in questo pomeriggio di autunno, quasi vecchio, avrebbe rivolto lo stesso anelito verso un cielo ancora chiaro, dove la bandiera rossa è diventata un moto dell'anima o forse una preghiera appassionata.

Nel territorio di mezzo tra quel ragazzo con la barba di allora e il vecchio che sono oggi c'è tutto il tempo trascorso quasi senza essermi accorto delle storie dentro cui mi sono trovato, a volte spettatore e altre volte attore protagonista o comparsa. Storie di ordinaria quotidianità nel ventre di un paese dalle strade e le case con il sole addosso e le sere impregnate di romantiche visioni. Tra queste storie ce ne sono alcune che ogni tanto mi capita di raccontare a qualche amico che non crede siano accadute per davvero perché, secondo lui, la politica di allora era una cosa troppo seria per diventare barzelletta. E così dei fatti veri che potrebbero appartenere al bagaglio storico di una comunità finiscono per essere aneddoti, ormai scaduti a parole di puro intrattenimento...

(L'andare per aria di un qualcosa di leggero)

Oggi che è domenica il tempo non mi manca e il caffè si fa sorseggiare meglio degli altri giorni. Apparecchio con cura il tavolo della cucina per consumare la colazione come si deve e mi concedo attimi sereni. Il sole filtra dalla finestra e me lo godo masticando con gusto una ciambella alla crema. Di solito approfitto del giorno libero per programmare la prossima settimana di lavoro: il giro dei clienti, le trasferte e le relative prenotazioni. La domenica è anche per le incombenze domestiche e la gestione del mio patrimonio personale (acquisti on line, conto corrente, scadenze varie...). Ma questo sole mi fa venire una insolita voglia di non perdermelo. Mi affaccio, vedo le strade vuote e mi sembrano un invito a spaziare come e dove voglio, senza i pensieri degli altri giorni. Faccio come Pino: infilo nello zainetto una bottiglietta d'acqua, una mela e un po' di cioccolato. Ci metto anche il suo quaderno ed esco. Camminando lentamente senza nessuna meta, a circa mezz'ora da casa mi ritrovo in una zona della città dove non vado mai. È il parco Rocca quel verde che intravedo a poca distanza da qui: questa diventa la mia meta ed accelero il passo, come se qualcuno o qualcosa mi aspettasse. Arrivo, mi siedo sulla prima panchina e prendo respiro, un lungo respiro. Riprendo il quaderno e, saltando da una pagina all'altra, vado leggendo quello che capita. Il testo si presta perché procede in modo rapido, anche se non proprio fluido, come per saziare una spasmodica fame di imprese sempre nuove e, siccome ogni impresa prima o poi ha una sua fine, meglio farla finire subito per iniziarne un'altra: un andamento irregolare, insomma, come il volo di un aquilone. Questa immagine, la stessa usata da Fernanda per esprimere il suo modo di ricordare il passato, mi ritorna in mente e con essa il viso della mia barista preferita. Con lei, una quasi sconosciuta, parlavo l'altro giorno di nostalgia e della tristezza che provoca la rapidità del tempo della nostra vita, mentre la mia testa era da Pino. Oggi invece mi trovo con lui e penso alla barista quasi sconosciuta. Visto che s'è presentata all'improvviso nella mia testa, questa volta sono io a trattenerla, come per scusarmi del mio comportamento scorbutico, ma in realtà è perché mi piace che si trovi tra i miei pensieri come una delle poche cose gradevoli degli ultimi tempi. L'aria fresca che mi viene in faccia mi porta un certo profumo che non so definire, mentre con lo sguardo mi soffermo sugli accostamenti casuali delle cose e dei colori intorno, come per cercare qualcosa di bello da fermare nella memoria. Osservo che ai bordi del parco c'è un supermercato e accanto una chiesa: passa gente di ogni tipo, che va o viene per la spesa e si mescola ai parrocchiani che escono dalla messa. Nessuno di loro ha un'espressione pacificata, come credo dovrebbe essere. Che forse non bastino le parole di un prete o la certezza della pancia piena per riconciliarsi col mondo e con la vita? Mi sovvengono i sermoni del Pino di una volta sul dovere dell'impegno per stare in questa società e nessuno di noi sembrava ascoltarlo: "solo se lotti per il bene di tutti puoi sentirti veramente gratificato e in pace con la tua coscienza e con il mondo. Tutto il resto è falsità, oppio dei popoli...". Mi chiedo quali siano state le sue ragioni per tagliarsi fuori da ogni dinamica sociale, proprio lui che del sociale si era nutrito fino ad ingozzarsi. Ma, del resto, quanta parte della nostra vita non è conseguenza di scelte ben determinate e sembra, piuttosto, l'andare per aria di un qualcosa di leggero?

Come un aquilone, appunto. Sarà anche un po' di vento a decidere la direzione e l'aquilone potrebbe anche scapparti di mano.

...Oggi sono di nuovo per strada, prima che il sole si faccia troppo caldo. Il volo delle rondini traccia lo spazio sopra i tetti. Godo del tepore rassicurante di ciò che conosco da sempre: muri che mi hanno visto crescere, volti segnati da ancestrali risentimenti, tristezze persistenti e allegrie che finiscono prima ancora di cominciare. In solitudine, al chiarore di un mattino o tra i chiaroscuri di un tramonto, mi paiono ancora plausibili certe passioni. Credo di poterle trovare mescolate alle più piccole cose che ancora non sono stanche di aspettarmi. Sono passioni semplici che, per l'affrettato passare del tempo, ho tralasciato di prendere in cura per i giorni oscuri in cui mancherà ogni più piccola illusione. Non so mai se troverò quelle che mi servono per andare avanti sotto questo cielo, con questi compagni di viaggio che non ho scelto.

Così mi addentro negli anfratti del paese, pronto ad incontrare per caso frammenti della sua anima, antico groviglio di pietre e speranze. M'aggiro tra i suoi vicoli che s'incrociano con le mie visioni del giorno, fino a che ogni meta si disperde nella vaghezza delle molteplici possibilità. Ascolto il rumore dei miei passi tra case che hanno riparato secolari povertà, mentre dei Gattopardi inerti si godevano dall'alto dei loro palazzi l'inebriante panorama della fertile vallata. Procedendo lentamente su selciati consumati da fatiche infinite, vado palpando i muri impastati con calce e acqua di pioggia, odore di bucato e di fritto, raggi di sole e ombra. Non mi faccio più nessuna domanda, perché tanto ho capito che quello che cerco in questo strano viaggio non sono risposte. Cerco solo qualche barlume di senso di questa mia vita legata a questa terra. Cerco una fede tra ciò che non si vede, oltre gli effimeri contorni delle cose. I paesaggi e le figure che mi stanno intorno potrebbero essere di ovvia immediatezza, ma, come se sapessero cosa m'aspetto da loro, con sforzo lento e continuo si trasfigurano e mi appaiono trasudanti di eterno, come le stelle. E così incontro il mistero e capisco che questa è l'avventura che più mi piace...

...In via Stazzone i colori sono intensi, plastici persino. Sembrano spalmati con le mie mani quando decido di giocare con la mia immaginazione e, da pittore maldestro, non mi concedo tempo per le sfumature. Anche qui qualcuno non si è dato tempo per curarsi dei piccoli particolari o riflettere su come adattare il colore dell'inferriata con quello dell'intonaco e questo con quello del cielo o della campagna o degli occhi di Maria. Mi viene da pensare che il Creatore non abbia provveduto a dotare gli abitanti di questi luoghi dei giusti requisiti per concepire i canoni fondamentali della Bellezza. Ma faccio qualche passo verso il cortile retrostante la strada e subito cambio idea, perché da questa prospettiva le cose mutano completamente aspetto e così ne posso cogliere la profonda armonia. Succede di odiare il proprio paese e poi di amarlo, proprio come Leopardi la sua Recanati. A tanti giovani sento dire di questo rapporto ambivalente con la nostra terra: stanno qua e se ne vogliono andare, quando se ne vanno vogliono tornare, quando tornano se ne vogliono scappare. Sarà questa instabilità affettiva la causa dei nostri guai?

La questione è troppo complicata e non mi va più di stare qua a trastullarmi tra le mie perplessità che di nuovo si ostinano a tornare: decido di andarmene e di lasciarle in questo luogo. Magari alla mia prossima passeggiata quaggiù un ragionamento si potrà fare con questi muri che oggi, con il loro sguardo sornione, non sembrano prendermi sul serio. Prima però mi fermo a parlare con qualcuno: del tempo, dei figli che se ne vanno, della salute e di qualche ricordo.

Valuto quanto pericolosa sia la nostalgia.

Poi proseguo.

Intanto le luci e le ombre, gli odori, i suoni, i silenzi, le presenze e le assenze si riverberano attorno a me ogni istante di più e si mescolano al cielo che tutto avvolge.

Se non m'avessero mai dato la coscienza, questi luoghi si sarebbero dispersi nell'infinità delle cose del mondo; sarebbero stati una luce mai accesa, una possibilità mai realizzata, un'eterna assenza, un nulla infinito. Ma nel mio respiro, nei miei sensi, nel mio spirito la loro identità assume consistenza, prende forma la loro assoluta unicità nell'universo, acquista spazio e tempo la loro stessa esistenza.

E così il mio desiderio di avventura mi porta più a valle, al Giardino delle Ninfe, a scambiare due chiacchiere con loro. Da secoli stanno qui a nutrire l'anima di questi luoghi, ma oggi non le ho trovate. Il loro padre Zeus ha ordinato di abbandonare il Giardino, non curandosi di lasciare senza anima le fontane e gli aranci. Ne ho notizia dalla casa di fronte che ha assistito alla loro partenza, muta come quella nuvola che è rimasta ferma senza poter fare niente. I panni stesi al sole ostentano una certa noncuranza per il mio disappunto: dovendo aspettare il vento e il sole per asciugarsi, per loro la partenza delle Ninfe è di secondaria importanza. Io, invece, sono frastornato. "E ti meravigli?", interviene la casa a lato, "qua l'anima l'abbiamo persa tutti, ma si vive lo stesso!" Guardandomi attorno con maggiore attenzione mi accorgo che, in effetti, anche senza anima la campagna attorno continua ad essere verde, il cielo blu e le strade, i balconi e le finestre aspettano sempre la gente che va, che viene e viceversa. E allora? Sarà che mi sono sempre sbagliato ad essere sicuro che senz'anima i luoghi non possano vivere, sono non-luoghi dove mai accade una novità e inesorabilmente vanno perdendo i caratteri della loro identità. Poco persuaso, interrompo la conversazione e me ne vado senza salutare nessuno, perché tanto a che serve parlare con i muri, se non hanno l'anima?

Riflettendo, mi dico che anche nel resto del paese le novità sono veramente rare, occorrono decenni e decenni perché ne accada qualcuna. L'ultima è stata la sostituzione dei lampioni a petrolio con le lampade elettriche. Ogni giorno è come un film già visto, uno stanco ripetersi di abitudini e rituali che rendono banale la vita di ogni paesano: si entra e si esce dalle proprie case, si sale e si scende o si sosta lungo il corso per lamentarsi di qualcosa o ingiuriare qualcuno, ogni tanto ci si incontra o ci si scontra su affari che presto saranno dimenticati da tutti. E così non ci chiediamo più chi siamo e perché ci siamo...

...Anche io ho perso la mia identità. Non so dove e non so quando. È un po' di giorni che, guardandomi allo specchio, non vedo più la mia faccia di prima, con quell'espressione da piacione di cui si innamorò mia moglie e tante belle figure mi ha fatto fare nelle mie performance giornaliere. Al suo posto una scritta: FACCIA PERSA. Cose che succedono. Il primo giorno libero andrò all' U.F.S. (Ufficio Facce Smarrite) e ne chiederò una nuova: posso scegliere dal vasto campionario messo a disposizione dall' U.N.I. (Ufficio Nuove Identità) per tutti gli italiani. Forse è stato meglio così: perdere la faccia offre il vantaggio di potersene scegliere una più adatta ai tempi moderni. Molta gente ha perso la faccia già parecchie volte: al mio paese pochi sono rimasti con quella di nascita. Di costoro, ormai, nessuno parla più e sarebbe meglio per loro rimettersi a nuovo. Certo, devo ammettere che un po' di confusione per strada inevitabilmente si viene a creare: nessuno riconosce più nessun altro e si rischia di fare delle brutte figure. Ma il rimedio c'è: ci salutiamo tutti senza distinzione, anche se prima non ci siamo mai degnati di uno sguardo; ed è un continuo scambio di sorrisi, strette di mano, pacche sulle spalle e auguri di buona salute. E poi c'è FaceBook dove, se non siamo nemici, siamo tutti amici...! Senza dire che tutti possiamo partecipare al concorso a premi "Mutevole è bello", dove si possono vincere un sacco di cose: maxi-dentiere per ridere a volontà, micro-partiti prefabbricati di massimo due tre iscritti, ideali per prendere decisioni all'istante, master tascabili di cultura generale, incarichi semplificati di sottogoverno, gigantografie biodegradabili del proprio leader massimo, macchine per applausi a comando e tanto altro. Tutti in questi concorsi vincono qualcosa, nessuno perde niente. Tranne la faccia, naturalmente. Ma tanto quella prima o poi la perderemo tutti e saremo dei fantasmi gaudenti sotto questo cielo...

...Vi sembrerà impossibile, ma vi assicuro che Leonforte esiste davvero. Che questo paese sia fatto di due metà potrebbe sembrare una caratteristica di scarso rilievo urbanistico. Ma è la vita sociale a svolgersi in modo quanto meno originale: infatti i paesani, appena messo il naso fuori di casa, sono obbligati a un saliscendi continuo lungo i due marciapiedi del lunghissimo corso centrale in leggera pendenza e nessun altro percorso per il passeggio è consentito. Questo passeggio si fa a senso unico alternato: in un marciapiedi si può solo salire e nell'altro solo scendere. Ma fin qui la cosa potrebbe anche non meravigliare tanto. Appare veramente strana se si pensa che i cittadini debbono disporsi nell'uno o nell'altro marciapiede secondo la propria opinione tra le uniche due possibili stabilite dal P.A.A.G. (Programma Annuale delle Opinioni Giornaliere). Un'opinione salendo e l'altra scendendo. Se prima scendevi e poi vuoi salire, o viceversa, lo puoi fare, ma solo cambiando opinione che si deve dichiarare pubblicamente a una delle tante guardie sparse qua e là preposte al controllo della situazione. Chi deroga dalle opinioni del giorno, creando una inevitabile confusione, viene cancellato dalle liste elettorali e soprattutto privato del diritto-dovere di passeggio al quale, nonostante tutto, nessuno vorrebbe mai rinunciare. Inoltre, ogni passeggiatore con l'opinione del marciapiedi di appartenenza non può neanche sperare di soffermarsi un attimo a scambiare due chiacchiere o appena uno sguardo con quelli dell'altro marciapiedi. Solo una volta è capitato che un tale, non sopportando più la noia di questo eterno salire e scendere tra gente con la stessa unica opinione, decise non senza travaglio interiore di lasciare il proprio marciapiedi ed andò a sedersi in una panchina della villa adiacente, dove di solito giacciono i prossimi a morire. Colà accomodatosi, assunse la postura di uno che ha capito il segreto della vita. Immediatamente dopo un passante, attratto dall'espressione gaudente del temerario, prese coraggio e, sfidando la dura legge, abbandonò anch'egli il suo gruppo d'opinione e andò a sedersi accanto a lui. Da questo alla conversazione il passo fu breve. Si misero a discettare su ogni argomento di loro conoscenza, ognuno dal proprio punto di vista, fregandosene delle opinioni del giorno stabilite e gustando finalmente lo stimolante sapore della diversità. Ragionarono amabilmente fino a tarda sera, dimenticando persino di rientrare a casa per la cena. Il Garante dell'Ordine Pubblico, forgiato ai sacri valori della popolar-democrazia, venuto a sapere della cosa, non solo non prese provvedimenti punitivi avverso quei due, ma se ne è addirittura compiaciuto e ora la vuole istituzionalizzare: in futuro chi vorrà seguire l'esempio dei due prodi pionieri potrà farlo e sarà fregiato del titolo di "intellettuale". Si può parlare con chi si vuole, ma solo a tre a tre: uno parla, l'altro pure e il terzo batte le mani in modo che nessuno dei tre capisca niente. Il rinnovamento va bene, ma nella continuità, come dice il saggio glorioso fratello Presidente della "Fratellanza eterna". Finalmente l'utopia s'è fatta realtà: la Fratellanza è al potere e la contro-fratellanza non potrà mai più nuocere alla Giusta Causa...

...Ero a fare due passi con la mia cagnolina quando mi incrociai con un fantasma. Erano pressappoco le undici di un mattino di Aprile e la luce, i profumi della primavera, l'intenzione di andare a comprare il pane sotto casa, tutto questo mi faceva vagare tra i piacevoli percorsi della banalità quotidiana senza badare ai fantasmi. Così lì per lì non feci caso alla sua presenza. Ci pensò lui a richiamare la mia attenzione: "Ti saluto, compagno!" alzando il pugno chiuso alla vecchia maniera. Per decenni nessuno mi aveva più salutato in quel modo e, meravigliato, risposi con affabilità e pugno chiuso anch'io, cercavo di capire di chi fosse quello spirito. Dai suoi lineamenti appena accennati, non ricordai alcuna fisionomia di compagni di partito morti. In realtà avevo rimosso il mio passato comunista e le successive vicende della mia vita avevano trasformato la storia di una mia sincera passione in aneddotica per poche persone annoiate e senza fantasia. Questo stavo pensando, quando poco dopo lui iniziò a parlare e allora io lo riconobbi: era il defunto compagno Fano Sciurenza che non aveva del tutto perso il piglio severo di una volta. Mi disse che mi aveva cercato per richiamarmi alle mie responsabilità di uomo della sinistra e per affidarmi un incarico che mi avrebbe fatto guadagnare tanto onore e merito. Prima di essere più preciso, mi disse che parlava a nome dell'assemblea dei soci dell'A.F.I. (Associazione Fantasmi Importanti). Questa aveva constatato che ormai da troppo tempo nessun paesano prendeva più sul serio la categoria dei fantasmi importanti del paese, della destra o della sinistra che fossero. Quindi s'era deliberato di avanzare i propri diritti acquisiti in tanti anni di notorietà prima della loro dipartita. "Chiediamo, disse, che si abbia un minimo di considerazione per noi che abbiamo fatto la storia della nostra città: se oggi vivete negli agi della modernità è perché, quando eravamo vivi noi ci siamo appassionati e impegnati in tutti i campi della vita sociale della nostra comunità per il bene delle generazioni successive. Per tutta risposta, dopo due o tre settimane di commenti sulla nostra morte, tutti ci hanno dimenticato". Quindi l'ultimatum: "Se non si mettono in testa di rinfrescare la loro memoria dimostrandocelo in qualsiasi modo, gliela faremo tornare noi con le buone o con le cattive ai tuoi compaesani! Di sicuro non dormiranno più sonni tranquilli..." Subito dopo la buonanima si diede un contegno ieratico e mi affidò formalmente l'incarico di farmi portavoce del suo ultimatum alla cittadinanza. Un incarico molto delicato, tanto che ne fui subito fiero. Ma presto mi ricordai che le cose che rendono fieri sono sempre difficili da fare e questa, in particolare, era una missione quasi impossibile. Non mi persi d'animo e dopo aver dato la mia disponibilità, il compagno Fano mi salutò col pugno chiuso in alto come si faceva una volta con i compagni che andavano a morire al patibolo per la causa del popolo oppresso e sparì. Naturalmente nessuno s'era accorto di nulla, tranne la mia cagnolina che nel frattempo per la paura aveva fatto la pipì sulle mie scarpe, ma certo non sarebbe stata una testimone attendibile dell'accaduto. E dire che ne avrei avuto di bisogno quando, immediatamente dopo, per riferire quanto deliberato dall'A.F.I., mi feci ricevere dal sindaco. Questi, pur sempre attento alle richieste dei suoi cittadini, mentre io parlavo sembrava proprio che si fosse addormentato e, in un attimo di veglia, si alzò e uscì dalla sua stanza chiedendomi scusa perché aveva altro da fare. Capii subito che la cosa non gli interessava tanto perché la politica rende pragmatici e le cose, come dire, aleatorie e non immediatamente utili per guadagnare voti fanno solo perdere tempo. Allora mi recai dallo storico del paese che mi ascoltò educatamente, ma poi mi licenziò dicendomi che, non disponendo di fonti attendibili, non poteva prestare la sua opera per approfondire l'argomento e divulgare la comunicazione dell'Aldilà. La parola "Aldilà" mi fece pensare all'arciprete. Ma niente neanche questo: aveva celebrato tre funerali quel giorno ed era proprio stanco. Ricordandomi della sua atavica avversione ideologica nei confronti di ogni cosa o persona che avesse anche un vago accenno di rosso, "Bel pezzo di stronzo...!" considerai, e me ne andai deluso anche stavolta. Proseguii con pazienza e determinazione il giro delle persone che contano, ma con scarsi risultati. Ieri ne ho incontrati due: un sindacalista mi ha detto che con la crisi che c'è oggi nessuno spenderebbe un euro per celebrare gente morta e ormai fuori dal mercato del lavoro. L'altro, un avvocato, non avendo capito un'acca del mio dire, mi ha detto che non intende sprecare tempo per difendere dei morti: sarebbe una causa persa in partenza. E così stamattina mi sono deciso a parlare direttamente al popolo e, megafono in mano, mi sono appostato in piazza e, come ai vecchi tempi quando sapevo arringare alle masse, ho fatto un discorso intriso di passione civile. C'erano solo tre compagni di una volta, molto avanti in età, ma veraci. Ma da loro non si è levato alcun cenno né di consenso, né di dissenso. Niente. Finito il comizio gli ho chiesto come facessero a non avere paura degli spiriti dei *morti, specie quelli importanti. E sapete come mi hanno risposto in coro? 'Noi crediamo solo ai comunisti ancora vivi! ", come dire a nessuno.*

E adesso cosa vado a dire al mio compagno Sciurenza? Che in paese neanche un cane crede più ai fantasmi?

È davvero un bel problema!...

...C'è un tizio seduto pericolosamente a cavalcioni sul muretto che dà sul vallone. Diretto giù al ponte del Valentino per fare delle foto, passando da lì mi sono soffermato un minuto col tizio che mi ha chiesto una sigaretta e che mi sembra venuto dal mondo dei miei ricordi persi. Sì, è proprio lui, quello che una ventina d'anni fa, preso a calci per l'ennesima volta dal suo maestro, scappò dalla scuola e dal paese. Se ne parlò un po' e poi più niente. È ricomparso come dal nulla, senza famiglia né identità, vive come un barbone e vedo che non è abituato a parlare. Gli dico chi sono, ma non mi riconosce. Poi gli chiedo qualche notizia su di lui, badando di non essere invadente. In due minuti mi fa un racconto sconnesso della sua vita: 'Tutti

mi chiamano Gigi, ma io Filippo sono...", poi dice che nessuno gli dà conto perché è così come lo vedo, i bambini gli tirano addosso cose marce e anche loro lo chiamano in coro Gigi, che prima a Torino faceva la bella vita e che, però, finì in carcere, che fu quel maestro a cominciare a chiamarlo Gigi per sfotterlo e ancora gli brucia. Quando si sente chiamare Gigi gli viene una rabbia che ammazzerebbe tutti. Poi sta zitto, sigaretta spenta tra le labbra. Il suo sguardo si perde in direzione dell'abitato, verso quella sua vecchia maledetta scuola dalla quale scappava ogni giorno per venirsene qua dove non doveva dar conto a nessuno. Anch'io sto zitto per un po', ma mi sento in dovere di dire qualcosa. Gli dico che quella scuola è dedicata a uno che, anche lui, non amava tanto la scuola e che poi diventò un bravo pittore e combattè con Garibaldi per liberare la Sicilia. Guarda caso, anche lui si chiamava Filippo, Filippo Liardo.

Non ebbe tanta fortuna e morì povero, ma oggi è famoso.

Mi ascolta con una vaga curiosità, ma mi rendo conto che ogni mia parola è solo un inadeguato tentativo consolatorio e così,

senza più argomenti, mi congedo da lui, come se davvero andare a fotografare il ponte fosse per me una cosa più importante
che continuare a parlare con lui e mi rimetto in cammino con il
peso di questa bugia. L'uomo rimane solo, nella sua condizione
di fantasma, mentre si sente suonare la campana della chiesa
dei Cappuccini per l'arrivo della processione della Madonna
della Catena: anche questo malinconico, caldo ottobre che somiglia a un tardo-agosto mente a se stesso, come noi tutti, ben-
pensanti primi della classe che a forza di dirci le bugie abbiamo
dimenticato chi siamo e non ci siamo ancora accorti di essere
diventati fantasmi pure noi...

...Una volta ogni villaggio aveva il suo scemo. Fra tutti gli sce-
mi che si sono succeduti nel mio, ne ricordo uno, perché mi fer-
mavo a guardarlo con curiosità quando lo incontravo durante
le innocenti scorribande di ragazzino e lui, placido, si faceva
guardare. Mi è rimasta bene impressa l'espressione mite dei
suoi occhi rivolti sempre lontani nel tempo e nello spazio. Ogni
tanto sussurrava lentamente qualcosa a un qualcuno immagi-

nario e riuscivo a sentirgli dire cose che avevano a che fare con l'ingresso degli americani in paese durante la guerra. Teneva un mozzicone di matita fra le dita ed ogni tanto su un quadernetto logoro scriveva numeri in colonna senza mai farne la somma. In colonna li metteva ed in colonna restavano. E poi faceva linee incrociate, come fossero gli elementi ispirati di un disegno mai definito che solo lui vedeva nella sua illogica rappresentazione. In tutta la sua vita restò ombra bisbigliante, anche se tutti lo conoscevano, simulacro della estrema diversità rispetto alla norma condivisa. "Guarda me: se non fai il bravo ti finisce così", sembrava ricordare agli altri con il suo comportamento lontanissimo dalla logica comune.

La fortuna di essere nati "normali" rassicurava e assicurava notevoli vantaggi, a patto che le norme sociali fossero rispettate.

Morto uno scemo, se ne trovava un altro. Bastava che avesse gli stessi requisiti essenziali: doveva essere povero di spirito e farsi incontrare facilmente da tutti. Già solo queste caratteristiche ne facevano un personaggio pubblico, assente come persona ma presente nella sua inconsapevole funzione. Tutti, infatti, potevano prenderlo alla berlina o citarne il nomignolo per stigmatizzare un comportamento inadeguato a determinate circostanze.

Il progresso civile per fortuna ha cancellato questa violenza che, anche se alimentava il senso dell'appartenenza alla comunità mediante l'ostracismo, sempre violenza era ed è un bene che non esista più chi è fuori dalla norma in quanto "scemo del villaggio". Adesso però si è imposta un'altra figura alla quale s'ispirano in molti, quella del "figo". Aggressivo, maleducato e senza scrupoli, costui della violazione della norma ha fatto lo strumento per fare i propri comodi e per procacciarsi privilegi e potere. Nel mio villaggio di fighi ne trovi ovunque: per strada, negli uffici, nelle scuole, al Consiglio comunale, finanche alla messa o al cimitero. Però io preferisco l'innocuo scemo di una volta, quando i trasgressori delle regole sì esistevano, ma non potevano fare da esempio per nessuno. Perciò per sicurezza da un po' di tempo cerco di stare più che posso alla larga dalle adunate civili e religiose, dalle file alla posta o dalle resse dei centri commerciali. Così sono sparito dalla circolazione e nessuno mi cerca più. Né qualcuno si accorge di me quando, quelle rare volte che esco per strada, mi comporto come un fantasma che non vede l'ora di rintanarsi nel regno delle ombre. Certe volte per alleviare i disagi della emarginazione declamo poesie alla mia cagnetta, mi faccio l'occhiolino quando passo davanti allo specchio, oppure mi rubo le sigarette da solo. Sono arrivato persino a riprendermi col telefonino che racconto barzellette per poi guardarmi lo spettacolo e ammazzarmi di risate. Non c'è dubbio: sono uno scemo. Mi consola il fatto che, facendolo in privato, almeno nessuno può imitarmi e non faccio un cattivo servizio alla morale corrente...

(Una Zorki-4k non si dimentica mai)

I miei pensieri cominciano a vagare sempre più disordi-
natamente e non riesco a riprendere la lettura. Seduto di
fronte a me, un anziano signore guarda verso l'alto,
come a seguire il volo di alcuni uccelli che svolazzano tra
un albero e l'altro. Ha l'aria serena e gaudente, come di
uno che sta assaporando la vita. Indossa un cappellino
arancione, di quelli che si comprano a mare per darsi l'a-
ria vacanziera e che io non metterei mai, neanche sotto
tortura. La barba folta e i lunghi capelli bianchi che co-
prono il suo collo gli rendono l'aspetto autorevole e si-
gnorile, nonostante il vestiario decisamente trasandato.
Tiene in mano una macchina fotografica. La riconosco

subito, anche da lontano: è una Zorki 4k completamente manuale, proprio la stessa che avevo negli anni Settanta. Con quell'attrezzo pesante e macchinoso scattavo foto in bianco e nero come fossero fatte a mano: il calcolo dei tempi in rapporto alla profondità di campo e all'esposizione, il taglio dell'inquadratura, il soggetto stesso erano per me argomenti di valutazione, a volte lunghissima, per rappresentare in immagini i miei stati d'animo, la mia visione del mondo, le mie curiosità, le mie denunce sociali. Eppure non mi sentivo all'altezza di un fotografo. Avrei voluto andare a bottega allo Studio-R del paese per imparare il mestiere che desideravo fosse quello della mia vita, ma le cose sono andate diversamente. Mi viene quasi la voglia di avvicinarmi a lui per attaccare discorso sulla Zorki e poi magari chiedergli qualcosa sulla sua storia personale. Ma subito mi giro verso quel tram che arriva improvviso. Sferragliando sui binari mi chiede sarcastico quando mai mi sia interessato alla vita degli altri. Mi alzo di scatto per riprendere la mia camminata che, però, decido di affrettare. Mi giro verso la panchina che ho lasciato vuota, come per salutarla, mentre il signore con la barba continua a guardare in alto, forse cercando nell'aria la foto che ha già nella sua mente. Vado verso casa con la speranza di lasciare sulla panchina i miei rovelli. Mi vado a preparare per domani, perché sarà lunedì. Mi rimane in testa il rumore del tram.

...Mentre vado senza una plausibile motivazione verso una collina che s'affaccia sul paese, mi passa per la mente un'immagine: un uomo col cappello che alza la testa per guardare in alto e si ritrova col capo scoperto perché il cappello gli cade. Perché alza lo sguardo verso il cielo? Vuol vedere se pioverà o cerca qualche speranza? Sono forse io quell'uomo e perché sto venendo qua? Sarà per farmi ispirare, oppure solamente per prendere una boccata d'aria fresca? Da una domanda passo a un'altra in qualche modo collegata a quella di prima, come una specie di gioco, lo stesso che facevo fare ai miei studenti per obbligarli a tenere in esercizio la loro immaginazione che credevo atrofizzata.

È da un po' di tempo che sto imparando l'arte del camminare creativo, chissà, forse perché non saprei cos'altro fare per non farmi attraversare dai cattivi pensieri. Stavolta stento a districarmi tra i guizzi della mia mente, ad andare oltre queste effimere facezie e dare così un senso al mio andare di oggi. Giunto al punto più alto, guardo l'orizzonte e da lì, anziché alzare lo sguardo verso il cielo, lo abbasso verso il centro abitato: una fitta rete di strade e case, quasi un groviglio, in cui, però, saprei orientarmi ad occhi chiusi. Ne individuo facilmente gli angoli e le curve, gli incroci, ogni slargo su cui si riversano le ombre delle case, case piccole e grandi che da qui appaiono tutte di un unico colore indistinto, mi rivelano il come e il quando di certi abusi. Riconosco i nodi che hanno fortemente condizionato lo sviluppo urbanistico e i destini di migliaia di persone, tutti segnati dai tanti peccati collettivi e individuali, ma sistematicamente rimossi, anche se stanno tutti lì da sempre. Forse perché non è molto antico, questo popolo ancora non ha imparato a coltivare la memoria, fino a non comprenderne più la necessità. E così ogni suo abitante si lascia andare alla vacuità dei discorsi correnti, senza possibile approdo a un significato, uno qualsiasi.

Io, che non sono mai riuscito a sorvolare neanche sulle mie personali responsabilità, vorrei dire a ogni mio compaesano che ci *servirebbe ricordare i nostri sbagli, perché poi rimediare si può.*

Vorrei, ma non lo so fare.

Se avessi guardato il cielo, oggi potrei avere qualche speranza in più, pur senza il bisogno di cercare inutilmente i miei ricordi ormai dispersi nel vento insieme al mio cappello...

...Quasi nessuno in paese si ricordava perché alla piazza con le palme era stato dato quel nome. Tutti ormai avevano inconsapevolmente impresso nella memoria collettiva il fonema "piazzaquattronovembre" come il luogo in cui si condividevano le abitudini più consolidate della comunità: le serate estive di liscio, i comizi, le previsioni sul tempo all'ombra delle palme, le maldicenze sui malcapitati passanti e sopratutto le celebrazioni patriottiche. Insomma, l'agorà dei poveri. Fino all'ultima cerimonia in onore dei caduti della prima guerra mondiale, ai quali è dedicato il monumento al centro della piazza, nessuno aveva notato nulla di diverso rispetto agli anni precedenti: il sindaco con la fascia tricolore, il presidente della sezione "Reduci e Combattenti" con la cravatta rossa, la banda con "La canzone del Piave", i dodici massimo quindici soliti partecipanti col vizio delle adunate. Tutto come sempre, compreso il monumento. Solo dopo qualcuno si accorse per caso che quella struttura marmorea era diventata uniforme, priva delle immagini in bassorilievo e delle parole scolpite. Era bianca che sembrava un fantasma. Presto la notizia dello straordinario fatto fece il giro del paese. Per i primi quattro, cinque giorni non si parlò d'altro. La piazza si trasformò presto in un luogo di eccezionale cittadinanza attiva: domande, tentativi di spiegazioni, dotti sofismi, proposte varie (persino quella di un consulto da una veggente calabrese). Ma niente, non se ne veniva a capo e ognuno concludeva il suo intervento con un sonoro "mmah...?!" e se ne andava. Solo le palme avevano visto ciò che era realmente accaduto. Ma da che mondo è mondo, si sa, le palme, anche se hanno visto, non parlano e non fanno trapelare nulla di ciò che sanno. Così, andando piano piano rassegnandosi al mistero, il popolo rinunciò ad ogni ulteriore ricerca e si dispose di nuovo nella sua atavica ordinaria dimensione, tra lamentele, sieste bibliche e mitici tocchi di birra. La verità sull'accaduto, ammesso che possa interessare a qualcuno, non si potrà sapere mai più. Ma gli intellettuali a tempo pieno qualche ipotesi l'hanno fatta, perché le certezze sono le cose che non hanno, ma le ipotesi sono il loro pane quotidiano. La più attendibile sembra essere la seguente.

Dunque, va detto prima che l'effige del monumento comprendeva in primo piano un bassorilievo raffigurante due soldati dell'era classica reduci da una battaglia: uno vivo, dritto sulla muscolatura poderosa e con lo sguardo fiero rivolto verso orizzonti di gloria, l'altro morto con il gladio spezzato ancora in pugno, mollemente riverso sulle spalle del compagno. L'effige comprendeva la data d'inizio e fine del primo conflitto mondiale, le parole del divin poeta D'Annunzio e dell'indimenticato Duce inneggianti alla guerra come strumento di progresso dei popoli, nonché un lungo elenco di concittadini caduti da soldati per la gloria della patria. Sarà accaduto che il soldato vivo, valutando che la fatica della posizione non era stata mai ripagata con il dovuto interesse da parte di quel branco di ingrati paesani, avrà preso armi e bagagli, parole e compagno morto compresi, ed è andato via, lontano, a cercare un luogo ove la memoria dei tragici errori del passato non è acqua fresca, ma un preciso dovere di legge per ogni cittadino. Lo troverà mai? Non si sa.

Dopo questo fatto rimasto avvolto dal mistero, la struttura marmorea è stata resa double-face da un assessore alla Cultura Patria, ignaro del fatto che un monumento non è un elemento d'arredo urbano ma un importantissimo documento storico che va conservato così com'è. Non esitando a mescolarne contenuti e significati, costui ha fatto collocare sul retro della struttura una lapide con un altro elenco di soldati caduti nella successiva guerra mondiale, cioè in un contesto storico che con il 4 novembre non c'entra niente. Così, avrà pensato il solerte assessore, i paesani potranno sempre celebrare un secondo rito, affezionati come sono a quel coso al centro della loro piazza. A questo punto, però, bisognerebbe aggiungere al nome originario della piazza: "Quindici settembre 1943", oppure "Tre settembre 1945". Una data vale un'altra, compresa quella del compleanno dell'improvvido assessore, tanto il popolo si abituerebbe ugual-

mente e trovarne altre potrebbe essere un passatempo diverten-
te durante i pomeriggi estivi che non passano mai. ...

...Aveva appena finito di regnare la dinastia carolingia e sul
mondo occidentale si abbatterono carestie, guerre e disastri di
ogni tipo. Anche dalle nostre parti il Medioevo non fu una stagione fulgida della storia. Uno dei momenti più disgraziati fu
quando una violentissima e lunga pioggia si abbattè sulle zone
del centro-isola. Poteva essere quella una buona occasione perché i nostri antenati unissero le loro forze per tirarsi fuori dai
guai, guadagnando non solo la sopravvivenza, ma anche il valore della solidarietà tra i popoli. Avvenne invece che gli stolti,
per togliere dal proprio territorio la melma lasciata dall'alluvione, con ogni recipiente si misero alacremente a buttarla fuori dai propri confini e dentro il territorio del contado limitante.
Cosicché la quantità di melma che ricopriva il territorio dei due
contadi rimaneva sempre uguale, nonostante gli sforzi sovrumani di tutti quei poveri sventurati. Insomma, finì che questi
si misero a litigare accusandosi reciprocamente della stessa col-

pa. Le secchiate e le palate non si poterono contare e per secoli e secoli ogni scusa è stata buona per riprendere a litigare: *furti reciproci di statue e monumenti, partite di calcio finite a calci sui denti, scherzi telefonici di pessimo gusto, discariche abusive di carcasse animali, sconfinamenti di cercatori di asparagi e persino disfide all'ultimo rosario tra preti di frontiera.* Ancora oggi i loro pronipoti, ne vogliono conto e ragione. Insomma, non se ne può più! Qualche giorno potrebbe finire veramente male. Il sindaco del mio paese, ispirato ai valori dell'internazionalismo proletario, ha fatto questo ragionamento: *"vero è che noi leonfortesi siamo ciarlatani, ci piacciono i comizi e la birra. Coltiviamo con passione tutti i vizi di questo tempo. Ma abbiamo anche tante qualità che però utilizziamo male. Per esempio, senza mai aver studiato un'acca, ci sappiamo fare un'opinione su tutto, a comando. Siamo opinion-leader di nascita e capipopolo all'occorrenza. Con la nostra ironia riusciremmo a prendere in giro anche il più feroce dei tiranni. Di lavoro ce ne basta poco o niente, perché sappiamo ottimizzare ogni minima risorsa offerta dal sistema dello stato sociale. E* poi siamo bravi a litigare per nulla: questo ci offre un notevole vantaggio su chi ci vuole male...". Valutati questi dati di fatto, il rappresentante massimo del popolo ha lanciato una robusta campagna di sensibilizzazione intitolata "Demoliscimi, fratello" con la quale vuole far capire ai suoi cittadini che è più conveniente utilizzare le suddette qualità in famiglia che contro lo straniero dei paesi limitrofi: con i vicini di casa è meglio mantenere sempre rapporti di "coesistenza indifferente" perché, ricordando la storia, potrebbe sempre arrivare un'alluvione. Come non essere d'accordo? La campagna del sindaco ci ha persuaso così tanto che adesso tutti ci stiamo rimboccando le maniche per darcele tra noi di santa ragione e inaugurare così una nuova era, quella dell'autodeterminazione del nostro popolo, per non pensare al nemico vicino. Comunque, speriamo sempre che non piova...

...La giornata di padre Buttaccio di solito fluiva placidamente verso il suo termine e già all'Avemaria le sue palpebre cominciavano a socchiudersi, prive d'interesse per il clamore del mondo. Ma da quando si era messo in testa di rifare le pareti della chiesa di sant'Epifanio aveva perso la pace. Tanti anni prima dei balordi avevano appiccato fuoco all'interno di quella chiesetta di sua pertinenza parrocchiale. Per fortuna il danno fu limitato solo a uno spesso strato di fuliggine che però coprì del tutto le sue pareti. Nessuno se lo ricordava più, ma su quelle pareti c'erano degli affreschi sulla vita del santo e secondo gli storici paesani i personaggi erano stati dipinti con le sembianze dei familiari del principe fondatore del paese. Niente di speciale, solo povera arte popolare di cui non esisteva nessun documento ma di certo poteva considerarsi un bene storico da custodire gelosamente. Don Buttaccio, incapace di ogni d'iniziativa, quella volta sembrò mosso dalla potente azione dello Spirito Santo per riuscire ad attivarsi e trovare i fondi necessari per rimettere a nuovo la chiesetta. Aveva avviato una sottoscrizione e i parrocchiani avevano risposto prontamente con abbondanza di carità. I lavori potevano essere fatti solo in economia e perciò il parroco aveva ingaggiato due poveracci forestieri, certamente dei poco di buono, ai quali volle offrire loro una possibilità di guadagno e di riscatto con quattro cinque giornate di lavoro. E così in una sola volta avrebbe risolto il problema delle pareti, meritando il plauso dei fedeli, avrebbe compiuto anche lui un'azione di carità certamente meritoria agli occhi di Dio e, infine, avrebbe potuto mettere da parte qualche spicciolo perché non si sa mai. Così iniziarono i lavori e, mentre il prete si dedicava alle faccende parrocchiali, i due improvvisati operai dedicarono il primo giorno alla "preparazione" delle pareti, per come s'era concordato. Quando il parroco andò per controllare, tutto era compiuto: una energica e radicale spicconatura aveva tirato via la fuliggine con tutto ciò che c'era sotto. Gli affreschi che erano stati coperti di nerofumo adesso erano per terra, ridotti in polvere e calcinacci. I due dovettero scendere precipitosamente giù dalle scale per soccorrere il pover'uomo che era stramazzato a terra in preda alle convulsioni sollevando un nuvolone. Ma fu lo sbandamento di un attimo. Ripresosi prontamente, il povero prete si fece d'animo e ordinò ai due maldestri di non parlare con nessuno del suo momentaneo cedimento.

All'indomani avrebbero proceduto con una rapidissima intonacatura nuova di zecca.

Questa fase dei lavori furono giorni di ebollizione nel suo cervello. Ciò che lo arrovellava era il dubbio su quale colore dare alle pareti di sant'Epifanio al posto delle immagini ormai irrimediabilmente perdute. Infine l'ispirazione gli giunse e pensò che fosse stata opera dello Spirito Santo. Ultimata l'intonacatura, prese direttamente in mano la situazione e si mise a mescolare la tempera aggiungendo via via colori secondo questa logica: il rosso che è l'amore, il verde che significa speranza, il nero no, blu non ce n'è, diluito il tutto in molto bianco che rappresenta l'innocenza. Il totale ottenuto fu un non-colore che lui definì il "colore della carità", con buona pace della sua coscienza e dell'arte popolare. La gente gradì e non seppe mai la verità: non l'avrebbe capita. Anche stavolta lo Spirito Santo con padre Buttaccio e la sua gente era stato campione di pazienza...

...Non sembrava neanche vero. Era stato fissato il giorno della sua inaugurazione e tutti in paese fremevano: finalmente un'o-

pera compiuta! Sissignori, via dell'Asino Morto sarebbe stata la prima opera interamente realizzata dopo una lunghissima serie di incompiute che da decenni erano lì a sfregiare il decoro e l'immagine di quella che avrebbe potuto essere una ridente cittadina e invece non lo era. Un sogno che si realizzava. Questa volta il progetto era stato assegnato a un architetto iscritto all'A.B.A. (Albo Bravi Architetti), anche se il costo dell'incarico sarebbe stato il doppio di quelli correnti sul mercato.

I lavori, poi, erano stati affidati niente meno che a una impresa iscritta all'A.I.S. (Albo Imprese Serie) che li avrebbe certamente completati nei termini concordati. Anche per questo ci sarebbe voluta una barca di soldi in più. Ma il coraggio della scelta stava proprio in questo. Comunque sia, ormai s'era finalmente giunti all'obiettivo: sarebbe scomparsa la cattiva fama della strada dal cui terminale una volta si buttavano giù nel vallone sottostante le carcasse degli animali morti e per questo passare da lì portava male. Adesso era diventata una suggestiva stradina che finiva con una balaustra artistica: da lì i turisti avrebbero potuto ammirare la parte antica del paese e lo splendido panorama di macchia mediterranea. Sicché, qualche giorno prima dell'inaugurazione, il diavolo ci mise lo zampino. Avvenne che una notte un ignaro e sfortunato autista forestiero, imboccando la nuova strada ancora senza l'adeguata segnaletica ed incautamente lasciata aperta dagli operai dell'impresa seria, andò dritto fino al terminale e, travolgendo in velocità la balaustra, saltò nel vuoto. Sbalzato fuori dalla macchina, volò per decine di metri esattamente alla stregua di una carcassa di animale morto. E morto lo sarebbe diventato davvero se lungo il suo inesorabile percorso verso l'aldilà non avesse incontrato un angelo a braccia aperte in forma di poderoso platano. Questo bloccò il volo dello sventurato che rimase appeso tra i rami fino all'indomani mattina, quando i suoi lamenti richiamarono l'attenzione di comare Ignazia, placidamente intenta a stendere i panni in balcone. Intervennero immediatamente i soccorritori e così il malcapitato potè portare a casa la sua pelle, ma così malconcio che per tutta la vita, maledicendoli ogni giorno, si tenne alla larga da paese e paesani, pur avendo ricevuto un risarcimento quasi pari al costo dell'opera e sufficiente a far vivere negli agi lui, i suoi figli e i suoi nipoti. Ma la storia non è finita qui. Avvenne che subito si diffuse l'idea che quella strada portava disgrazie non già per via degli animali morti, ma perché finiva in un vallone. Siccome la parola "finire" poteva significare anche "ultimare", sui due significati si aprì spontaneamente un dibattito e quello che sembrò più plausibile nei circoli più accreditati fu il secondo, con la logica deduzione che le opere ultimate in quel paese portavano sfortuna. Come si sa, "vox populi vox dei" e così l'intento del diavolo di fare il maggior danno possibile si realizzò. E il danno fu davvero grande: per non rischiare possibili altri guai, l'inaugurazione fu dimenticata, nessuna altra opera fu ultimata né, di conseguenza, altri lavori pubblici da allora sono più iniziati. Sarà pure superstizione, ma crederci cosa costa...?

...Quella grande pietra rotonda era una macina di mulino da almeno tremila anni. Se avesse saputo parlare, avrebbe potuto raccontare le guerre puniche, la persecuzione dei cristiani, la caduta dell'impero romano, poi anche la scoperta dell'America *e poi ancora la Guerra delle due Rose, la Guerra dei Cent'anni, quelle d'indipendenza, la prima e la seconda mondiale..... Insomma ne aveva veramente viste e sentite tante quell'umile pietra, abbandonata per secoli sotto uno spesso strato di terriccio, lì nei paraggi del monte Castellaccio. Finché una mattina di primavera il professore Ricerca, severo e noto ricercatore di cose storiche, durante una delle sue passeggiate nel cuore dell'amena vallata ai piedi del monte, notò un piccolissimo particolare di quello che apparve immediatamente al suo occhio esperto come uno splendido esemplare di archeologia industriale. Si mise a scavare alacremente con le mani fino a scoprire completamente la macina che, ripulita con un lembo della sua camicia, si rivelò in tutto il suo splendore e la perfezione della sua fattura. Il professore la osservò lungamente, ne studiò ogni minimo particolare con la lente che portava sempre con sé, la ammirò da lontano, da vicino, di sbieco e dall'alto, l'accarezzò per sentirne la consistenza e la viscosità, immaginò le mani che l'avevano lavorata e accarezzata con la gratitudine di chi per essa poteva non morire di fame. La odorò, per sentire il profumo del*

tempo e immaginare popoli in cammino. Fu veramente un'e-
stasi che durò alcune ore. Recuperato lentamente il raziocinio,
con una concitata telefonata chiamò in aiuto Pasquale, suo
estimatore ed ex allievo del liceo, e insieme organizzarono il
trasporto della pesantissima macina nella sua casa di campagna. Lì il professore teneva gelosamente custoditi i preziosi re-
perti della sua ormai lunga attività di ricerca e salvaguardia
del patrimonio archeologico del territorio: in assenza di un
museo pubblico in paese, se ne era fatto uno privato, rischiando
seriamente di incorrere nelle violazioni di legge. Ma non v'era
dubbio alcuno che la sua opera, comunque, fosse altamente meritoria, perché in sua assenza veramente tanta parte di storia
sarebbe rimasta dispersa e sconosciuta. Però quella volta la
combinò veramente grossa. Nei giorni successivi al ritrova-
mento della macina gli era venuta l'idea di farne un uso secondo lui adeguato all'importanza del reperto. Gli sembrò che uti-
lizzarlo come tavolo da giardino fosse il modo migliore per esal-
tare la perfetta rotondità del manufatto. E poi far rivivere quel
capolavoro che veniva dal lontano passato era come restituirgli

la dignità che per troppi secoli nessuno gli aveva potuto riconoscere, una forma di tributo alla civiltà umana che non conosce
le barriere del tempo. Cosicché, sceso in paese con l'impazienza
e l'entusiasmo di un ragazzino, andò a commissionare il lavoro
da un noto muratore del paese, un sedicente quasi-architetto.
Dopo avergli dato le indicazioni ritenute sufficienti per la realizzazione dell'opera, lo pagò anticipatamente purché ultimas-
se i lavori in giornata. Ora, era risaputo che il professor Ricerca
non aveva il dono della chiarezza nel parlare e, d'altra parte,
quello che lui aveva creduto un quasi-architetto evidentemente
tale non era. Sta di fatto che quando il povero Ricerca nel tardo
pomeriggio tornò alla sua villa per verificare la realizzazione
di quanto commissionato, gli venne una sincope quando vide
l'orribile scena. Il tavolo era stato costruito sì, ma non esattamente come lui l'aveva immaginato. L'antica e preziosissima
macina era stata ridotta a una cinquantina di piccoli blocchi
ricavati a colpi di mazza e murati come piedistallo con sopra
una forma rotonda di cemento armato smaltato con un lezioso
fuxia a pallini gialli, tipo tavolinetto da bar del corso il giorno

di Ferragosto. Una vera bomboniera, come la definì il muratore quasi-architetto mostrando fiero la sua opera, per cui si aspettava tanti complimenti e ringraziamenti da parte del professore che invece non arrivavano. Non aveva capito, lo stolto, perché il committente fosse rimasto immobile nella posizione d'arrivo e che la sua bocca esageratamente spalancata non era così per la meraviglia, bensì per una sincope. Comunque, spolverandosi il cemento dai pantaloni, fu contento ugualmente di aver realizzato una delle sue opere d'arte, dimostrando di essere un bravo quasi-architetto, e se ne andò...

...Amo il silenzio che non è l'assenza di rumori, che non è neanche l'abisso del nulla che in certi momenti aleggia su di noi e ci fa ciao con la mano, ammiccante e sornione come la morte. È invece l'approdo verso cui può sospingere una benevola corrente. Ne puoi fare esperienza in qualsiasi momento della vita, stando o andando, da solo o tra la gente, ai bordi dello scorrere delle cose o mescolato a loro. A volte l'ho incontrato senza cercarlo, come se esso stesse cercando me. Altre volte ho potuto solo immaginarlo, sapendo che c'era, in quel momento e in quel luogo, ma non per me. Oggi, mentre l'afa appanna l'aria su questo lembo estremo di via Perillo, sono al suo cospetto. Mi fa compagnia una vecchia donna: vive sola, adorando la foto del marito che non c'è più e spargendo lacrime d'orgoglio per l'unico figlio che è lontano. E siccome da qui non passa mai nessuno, si è attaccata alle mie banali parole di circostanza, come fossero l'acqua per la sua sete. Poi l'ho lasciata lì e mi sono messo alla ricerca di altri luoghi dove questo silenzio m'acquieta e misteriosamente nutre il mio doloroso legame con questa terra.

Mi ritrovo alla Granfonte. Dietro le case antistanti la fontana non sento più il clamore della strada, né alcun brusio nella mia mente. Resta solo lo scroscio dell'acqua che perennemente pervade tutto il quartiere. Chi conosce bene questo luogo sa che questo è il potere misterioso della Granfonte. Avvolgente e dinamico, come il rumore di qualcosa che ti scorre dentro, somiglia all'eterno inesorabile andare della vita, mi assorbe l'anima e così non temo di morire.

Così m'appare il silenzio in questo tardo pomeriggio di estate e lo considero un evento, esattamente come fosse una nevicata inaspettata, un incontro che ti riempie l'anima, la vista di un magnifico fiore tra gli sterpi. Mentre lassù al corso l'unico silenzio che conosco è quello di noi tutti che abbiamo perso la parola, quella vera, quella che ha il potere di far capire qualcosa della vita. Non diamo più importanza alle cose che diciamo: qua il parlare è solo "flatus vocis" e ormai vacuo simulacro della realtà...

...Alla "Giornata della valigia di cartone" anche quell'anno Onofrio non poteva mancare e, pensando a questo appuntamento, cominciava già dall'inverno a odiare l'estate. Il suo amico Salvatore ci sarebbe rimasto troppo male a non averlo con sé per fargli fare quello che gli chiedeva ogni anno, perché era l'unico laureato dell'antica comitiva. Amici dalla prima elementare, Salvatore era partito per il Belgio a tredici anni e già a quattordici aveva un lavoro, mentre Onofrio era rimasto in paese a fare lo studente. Per il suo amico Salvatore avrebbe fatto qualsiasi cosa. In realtà, più che l'affetto, era una specie di senso di colpa che lo obbligava, in un certo senso, ad accettare la richiesta dell'amico. Un senso di colpa che si portava dentro per aver goduto del privilegio di rimanere tra i vantaggi del paese, compreso quello di poter continuare a studiare. Non considerava che Salvatore aveva fatto fortuna e si poteva permettere tante di quelle cose che neanche immaginava, mentre lui era rimasto a fare l'impiegato catastale di terza categoria, senza soddisfazioni né prospettive, se non quella delle ferie estive da trascorrere tranquillamente a casa. Ogni giorno di ferie era a dir poco prezioso, perché finalmente poteva dedicarsi alla famiglia e alle poche passioni che riuscivano a riconciliarlo con la vita, come passeggiare in campagna o dipingere. Perderne uno significava aspettare l'anno successivo per recuperarlo. Specialmente il giorno di ferragosto avrebbe voluto scappare lontano dal paese dove, se ne scansi uno, subito dopo incappi in un altro dei fratelli emigranti i quali, calati in massa dal nord, di solito vagano per il corso alla ricerca di qualcuno a cui raccontare le meraviglie di lassù. Proprio il giorno di ferragosto, come tutti

gli anni, il Sindaco li avrebbe incontrati con una speciale cerimonia durante la quale si sarebbero distribuite le composizioni
poetiche di Salvatore. Aveva scritto sul dolore del distacco dal
proprio paese, sul sudore della fronte in terra straniera, sul sole
e sulle donne di Sicilia eccetera e, messosi in testa di possedere
l'estro poetico, ogni anno pubblicava a proprie spese un libro:
tutte poesie in rima più o meno baciata, tanto che gli intellettuali del paese lo chiamavano Rimastorta, per via del modo di-
sinvolto con cui maneggiava i suoi versi. In totale dodici libretti
su ognuno dei quali ogni santo ferragosto Onofrio, su pressante
richiesta dell'amico, aveva dovuto "dire due parole". La mattinata come tutte le volte sarebbe stata allietata dal gruppo folk
"Sicilia bedda" e condita di coccarde tricolore, medaglie per tutti, baci, paste di mandorla, arancini, abbracci e pacche sulle
spalle, il tutto mescolato per almeno tre ore in un bagno maleodorante di sudore ed di espressioni belluine in lingua arabo-si-
cul-teutonica, ammassati nella sala del consiglio comunale
senza possibile via di fuga. Consapevole che quella torrida
mattina di ferragosto sarebbe stata il suo dodicesimo patibolo e

rimpiangendo la fresca aria di campagna e le sue tele colorate, Onofrio partì da casa diretto lentamente verso il centro e, invece che le idee per il suo discorso, gliene vennero in mente altre. Pensò che per diversi motivi questi emigranti quasi quasi sono una gran palla: per esempio perché ci rinfacciano la condizione di indigeni rimasti contenti di questa terra e questo cielo. Poi perché credono che la birra da noi sia ancora una cosa da ricchi e, svaccati al bar, ne tracannano a casse come aperitivo e ruttano di petto con ostentato godimento, sicuri che le regole della buona educazione da noi siano roba da femmine e lassù invece fanno girare per bene il mondo. Pensò che sono quelli che si portano dietro le stangone bionde dentro una macchina comprata a metraggio che poi parcheggiano dove capita. Queste cose ruminò Onofrio per almeno trecento metri. Poi però se ne vergognò e a una cinquantina di metri dalla strada principale prese una decisione: anziché fare discorsi di circostanza ai suoi fratelli emigrati che l'attendevano avrebbe fatto loro una dura denuncia contro il governo infame che non aveva ancora sanato la grave piaga dell'emigrazione. Li avrebbe infine incitati a creare un movimento politico che propugnasse scelte governative a favore del lavoro in patria. Intanto era arrivato al Comune proprio nel momento programmato per il suo intervento e, sballottato da una parte all'altra della sala dalla folla acclamante, si ritrovò al tavolo della presidenza senza aver dato un passo e fu subito al centro dell'attenzione. Prima di prendere la parola ebbe la netta sensazione di poter diventare, senza volerlo, il leader naturale di quella gente. In un attimo cambiò idea sulla strategia politica che aveva elaborato poco prima. Per alcuni lunghissimi secondi guardò impassibile negli occhi uno sconosciuto dal viso paonazzo e dall'espressione commossa che si trovava proprio davanti a lui, batté due tre colpi sul microfono che gli avevano messo in mano e cominciò a masticare frasi senza senso fino a quando non imbroccò le parole giuste sulla nostalgia per la propria terra, sul sudore della fronte in terra straniera, sul sole e sulle donne di Sicilia, sulle rime quasi baciate di Salvatore eccetera. Quelle stesse dette l'anno precedente che tanto felice avevano sempre fatto il suo fraterno amico e il popolo tutto. Un applauso travolgente gli impedì di completare il discorso con una frase sensata e subito si ritrovò con un cannolo in una mano e un arancino nell'altra...

...Oggi tutti le sparano grosse, in preda alla frenesia di questa era della comunicazione in cui a chi le spara più grosse danno dei premi che possono davvero cambiare la vita. Invece a me che una volta le sapevo sparare grosse anch'io non hanno dato mai niente. Mi facevano gli applausi, questo sì, tanti complimenti, strette di mano e tanta notorietà. Ma di concreto, tangibile...niente! Le mie parole altisonanti non cambiavano di una virgola lo stato delle cose, lo ammetto. Ma non facevano male a nessuno: anzi, quando la gente mi sentiva parlare dimenticava per un po' le fatiche di una vita da poveracci e diceva compiaciuta "minchia, questo buono parla...!". Poi se ne tornava nella miseria di sempre. Ma quella non gliela avevo messa io e questo mi dava tanta soddisfazione. Oggi di quei sermoni non se ne trovano neanche nell'archivio dell'Istituto Luce. Discorsi sulla giustizia, la solidarietà, la pace, l'internazionalismo proletario sono talmente andati in disuso che nessuno li capirebbe più. Quelli che le sparano grosse ora hanno sostituito quelle parole di una volta con altre che hanno il merito della immediatezza: per ogni discorso ne bastano pochissime, dette con la bocca congegnata ad arte: ognuna esprime da sola un pensiero completo. Vero è che i pensieri contemporanei non sono molto complessi, ma anche un semplice suono della bocca può già significare qualcosa. Per avere alte probabilità di ottenere consensi, le parole devono essere sparate a raffica per stordire gli ascoltatori. In tal modo questi, se non per convinzione, almeno per sfinimento avranno guadagnato l'incoraggiante condizione di non dovere propugnare gli ideali di una volta, ormai inutili fardelli di cui liberarsi quanto prima. Spararle grosse oggi può sembrare cosa facile a uno come me, ormai impastato senza speranze nelle chiacchiere di una volta. Ma in realtà è cosa molto difficile perché, se si sbaglia un solo gutturale, si rischia di far fallire un'intera campagna di conquista del consenso. Per spararle grosse bisogna studiare molto, fare lunghi tirocini con esami su un elenco interminabile di discorsi, uno per ogni circostanza, facente parte di un programma impostato esclusivamente sulle labiali strette che bisogna conoscere a menadito. La fatica impiegata per imparare a spararle grosse viene però ripagata lautamente con velocissime carriere che garantiscono potere, successo, alta considerazione. Io, che una carriera così non me la sono mai sognata, ormai senza speranza, mi sono convinto che la miglior parola rimane quella che non si dice. E allora anch'io vorrei non parlare più...

...Nonostante questa che comincia sembri una giornata come tutte le altre, allacciandomi le scarpe, invece che morire come era capitato al mio amico Tano, mi accorgo di respirare. Considero una fortuna il solo fatto di potere compiere le operazioni mattutine in tutta normalità. Suggello questa verità davanti allo specchio con un sorriso dedicato a me stesso ed esco, leggero come un fringuello. Attraverso il mercato settimanale sotto casa mia, intrepido e insolitamente tollerante verso questo ordinario caos. Saluto a destra e a manca, come fossi una star, noncurante delle evidenti tracce dell'espressione da ebete che mi ha lasciato l'auto-dedica. Comunque sia, punto deciso verso piazza Cappuccini dove arrivo con ampie falcate dopo pochi minuti. Da qui raggiungerò l'altro versante del paese che da molto tempo intendo rivedere. Non avevo messo in conto, però, che avrei incontrato Francesco, il mio santo preferito. È lì, ai Cappuccini, che mi aspetta chissà da quanto tempo. Scambio con lui uno sguardo d'intesa, trascurando che si tratta di una semplice statua. Istantaneamente il programma di prima è dimenticato. Mi siedo sul sedile di fronte a lui e insieme ci godiamo senza alcuna fretta fratello Sole che, occhieggiando tra una nuvola e l'altra, ci fa capire che gli piace la nostra compagnia. Nessun pensiero mi attraversa la mente. Solo un desiderio: di credere che le cose che ci siamo dette con quella statua in qualche modo siano arrivate al cielo...

...Una mattina di Aprile, tutto preso dal turbinio stagionale di colori, profumi e luce, pimpante come la donzelletta di Leopardi, mi recai al monte Cerniglierc, nel versante della Madonnina, per godermi un po' di pace. Quello è un luogo a me molto caro, ma non perché lì abbia mai immaginato "interminati spazi e sovrumani silenzi", ma perché da ragazzo insieme a quello scapestrato del mio amico Antonio andavamo a saccheggiare un grande albero di prugne. "Esproprio proletario" lo chiamavamo e ci bastava per sentirci eroi della rivoluzione. Ero quasi giunto ai piedi della biancheggiante statua quando mi vedo sbarrare la strada da un anziano sulla ottantina con l'aspetto burbero e con l'aria di uno che ti dice : "Di qua non si passa!". In pochi secondi, proprio come una pellicola di un film portata velocemente indietro, la mia memoria mi scaraventò a una cinquantina d'anni prima, quando un pomeriggio d'estate ci aveva colto in flagranza di furto massaro Minicu detto Lupo per via del suo volto ferino. Scappammo a gambe levate con una tale paura che non tornammo mai più in quel luogo. Possibile che il tracagnotto di una volta fosse ancora lì, naturalmente invecchiato ma ancora vivo e minaccioso come allora? Provai per alcuni istanti la stessa paura di quel lontano frangente: voleva restituite le prugne o ammazzarmi perché non potevamo farlo più? Ma poi ho realizzato la situazione come sa fare una persona adulta e l'ho salutato con affabilità, riuscendo a fare anche un commento sulla bella giornata. Da qui a scambiare due chiacchiere il passo fu breve. Capii subito che non si trovava lì per le prugne, ma per una nobile causa. In realtà ciò che tendeva i muscoli del suo volto era una grande determinazione nello svolgere un compito molto impegnativo che mi rivelò con poche parole, ma chiare. Ormai da tanti anni esposto all'azione mortale delle numerose antenne installate sulla cima del monte, vicino alla sua casa, aveva chiesto al Suo manto santo la grazia di preservarlo dal cancro e la Madonna lo aveva esaudito, almeno fino a quel momento. Per voto aveva promesso l'impegno per tutta la vita a tenere pulito lo spazio circostante, frequentemente reso immondezzaio da balordi senza nessun senso del rispetto. E in effetti con la sua cura assidua tutto lì intorno sembrava perfettamente intonato con la primavera e il sorriso della dolce Madre. Sembrava il paradiso. Mi venne l'istinto di abbracciare quel sant'uomo (altro che tracagnotto a guardia delle prugne...!) e di ringraziarlo a nome di tutti i compaesani. Lo salutai e me ne andai, contento per quella bella sorpresa che mi aveva riservato la mia madre terra. In un sol colpo mi ero riconciliato col mio passato di ladruncolo saltafossi, con l'uomo del mio pregiudizio, con la natura ed anche con la Madonna: veramente un miracolo! Oggi il sant'uomo non è più tra noi e quando qualche giorno fa sono tornato lì, con mio grande disappunto ho trovato quei luoghi imbrattati di ogni schifezza. Ho avuto nostalgia del massaro Minicu Lupo e del suo mondo pulito. Per ricrearlo occorrerebbe una nuova sinergia tra la natura, l'azione della Madonna, la gratitudine dell'uomo e il suo bisogno di paradiso. Perché da sola la primavera non fa miracoli...

...Una volta all'ingresso del paese c'era un viale di cipressi altissimi che portava dritto al cimitero. Forse non metteva tanta allegria percorrerlo, ma era bellissimo davvero: lo apprezzavano in particolare i cinque iscritti al W.W.F. del paese che una volta, per salvare l'ultimo superstite di quella famiglia continuamente minacciato dall'avanzare del progresso, si erano persino legati nudi al suo tronco. Adesso è lì, sopravvissuto e svettante su traffico e palazzi, ma inquieto. Sembra dire: "Finora ce

153

l'ho fatta. Ma chissà la prossima amministrazione comunale cosa farà di me...!". Ai piedi del glorioso cipresso da poco ha trovato posto una statua di san Pio e il merito è tutto del sig. A.P. (l'anonimato è stato da lui richiesto per dovere di umiltà cristiana). Questa la storia: il sig. A.P. l'aveva vista davvero brutta con la prostata. Per fortuna, dopo l'operazione, aveva ottenuto la grazia della guarigione dal santo e questi gli era apparso in sogno. Siccome parlava farfugliando in dialetto tra la barba incolta, il sig. A.P. aveva potuto solo intuire il Suo messaggio che più o meno diceva: "in questo paese si pensa troppo alle faccende terrene: bisogna far capire alla popolazione che, siccome infine tutto passa, allora è meglio dedicarsi di più alla preghiera". Così il sig. A.P., sant'uomo investito di questa sacra missione, immediatamente pensò a una statua, la seconda dopo quella dell'ospedale, perché di miracoli abbiamo tanto bisogno. In prima persona s'era accollato l'onere della raccolta fondi per l'acquisto della sacra effige, mentre il Sindaco, sant'uomo anche lui, gli aveva promesso segretamente di farla collocare proprio ai piedi del cipresso di cui sopra quando sarebbe stato il momento. I paesani furono generosi, pur se nessuno seppe niente né sui promotori dell'iniziativa né sul sito predestinato per la collocazione della sacra effige (la carità, si sa, si fa nel nascondimento). Sta di fatto che una bella mattina la pesante statua bronzea fu collocata a sorpresa su un imponente piedistallo di marmo costruito nottetempo ai piedi del cipresso. Già dal pomeriggio a decine, a centinaia fedeli e semplici curiosi avevano affollato il posto. Durante la celebrazione inaugurale l'arciprete e il vescovo in persona elogiarono quel sant'uomo del sig. A.P. e il Sindaco, sant'uomo anche lui, ambedue in prima fila con buona pace dell'umiltà cristiana il cui dovere era stato momentaneamente sospeso. Così la statua di padre Pio ora è lì, insieme al cipresso, continuamente circondati da un miscuglio maleodorante di lumini e crisantemi. Si dovrebbe trovare il modo di far capire al cipresso che adesso è finito per lui il tempo dell'inquietudine ed è iniziato quello della celebrità: se la goda adesso la vita perché ormai a nessuno più verrà in mente di eliminarlo senza essere così tacciato di blasfemia iconoclasta dal furore popolare. Ma ad agitare le masse non sarà

mai il signor A.P. che proprio ieri è morto per una sincope.
Inoltre il Sindaco dodici giorni fa non è stato rieletto. A quanto
pare il miracolato vero non è stato quel sant'uomo del sig. A.P.
e neanche il vecchio Sindaco, sant'uomo anche lui, che pure ci
aveva sperato nel miracolo temendo l'esito infausto delle elezio-
ni, bensì il cipresso che, senza nessuna iniziativa propria (si
chiama "abbandono alla volontà divina"), ha guadagnato una
vera assicurazione sulla vita. E pure il fioraio lì vicino sta facendo veramente dei grandi affari. Per non parlare del gelataio
di fronte che se la ride mentre i devoti, e sono tanti, leccando un
gelato guardano il santo, si fanno il segno della croce e gli man-
dano baci...

(Prendere o lasciare)

In effetti la principale aveva ragione. Così come mi aveva ordinato, sotto il controllo dell'ufficio amministrativo
ho svolto la verifica del mio lavoro del periodo precedente e i miei errori mi sono balzati agli occhi con la stessa
virulenza della beccaccia, quella mattina in cui mi ha
strapazzato davanti a tutti i colleghi. Aveva ragione: il
carico-scarico non corrispondeva ai contratti di vendita
e alla relativa fatturazione e poi certe commesse non
erano state evase nel periodo concordato col cliente perché trasmesse al magazzino in notevole ritardo. Cose
gravissime per un'azienda come la nostra che si è sempre distinta per serietà ed efficienza, oltre che per la
qualità del prodotto. Trascorro ogni giornata con l'ansia

assassina del sabato che verrà: affrontare la beccaccia è diventata la cosa più ardua della mia vita. Invece, a sorpresa, vengo convocato per venerdì. La cosa mi sorprende e m'inquieta ancora di più. Questa volta arrivo in anticipo in sede e il fattorino mi introduce nell'ufficio personale della Mazza. Mi sembra di essere in un film. La scena è questa: lei dritta, rivolta alla finestra dalla quale filtra una luce chiara ma tenue, si gira graziosamente e m'invita ad accomodarmi. Accompagna l'invito con un soave sorriso. Mi rendo conto di avere gli occhi sgranati per la sorpresa e allora li chiudo per una frazione di secondo, schermandomi con una mano, come a sembrare abbagliato dalla luce della stanza. Lei, come se si accorgesse del mio disagio, con fare da pratica casalinga si affretta a socchiudere le ante e a offrirmi la poltroncina per accomodarmi. E siccome mi sento in un film, penso "è una trappola".

– Buon giorno, carissimo. Lo sa che l'ho attesa con ansia?

– Con ansia lei, signora? Veramente l'ansia dovrei averla solo io...

– In effetti, la capisco. Così come ho capito da tempo alcune cose che la riguardano.

– Sta parlando del mio lavoro, vero? O di cosa...?

– Certo, del suo lavoro.

Sembra che lei si aspetti che la incalzi con un'altra domanda. Mi concedo qualche attimo di pausa e respiro profondo.

Mi siedo prima che lei faccia altrettanto.

– Signora, la prego, mi dica subito di cosa si tratta. Immagino che non sarà niente di buono per me.

– Al contrario. Ma, la prego, stia sereno... non è niente di grave: è importante, questo sì. Vuole qualcosa da bere?

– Grazie, non prendo mai niente la mattina. Signora, mi dica...

– Ascolti. Lei sa che nel nostro lavoro è la qualità ciò che conta di più. A partire dal nostro prodotto: se le nostre scarpe non fossero quelle che sono, avremmo chiuso bottega almeno da trent'anni. Sono di materiali eccellenti, di accurata fattura artigianale, comode per tutti, belle nello stile italiano d'eccellenza. Sono contenta del nostro lavoro. Il bilancio è sempre in attivo, gli investimenti ci danno sempre quello che ci aspettiamo, gli operai e gli impiegati non si lamentano, i collaboratori come lei vanno al passo con i nostri tempi. Ma dobbiamo essere più veloci di noi stessi nel mettere in campo nuove risorse e occupare nuovi spazi commerciali. Solo così possiamo battere la concorrenza che, come lei sa, è veramente spietata. Ho deciso di investire all'estero

– E dove?

– Cina.

Silenzio. Mi ricordo di essere in un film. Mi sento come scrutato da qualcuno che non vedo, non è nella stanza, ma c'è. Debbo stare attento a cosa dire e a cosa fare. Ma forse no... tanto cosa c'entro io con questi discorsi, con la Cina poi?

– Ho deciso di aprire una filiale a Pechino. Una fabbrica con operai specializzati italiani e generici cinesi. E poi un relativo centro di distribuzione commerciale. E siccome è la qualità ciò che conta di più, il responsabile unico penso debba essere lei.

La mazzata è talmente forte e inaspettata che mi sento già spedito all'altro mondo. Stordito, non trovo parole se non per dire una sciocchezza.

– Ma non doveva licenziarmi...?

– Licenziarla? Non ci ho mai pensato. Veda, ragioniere, da tempo ho capito che il lavoro di semplice agente di commercio non fa per lei, questo sì. Almeno per la sola parte amministrativa. Ma ho capito anche che lei è capace di fare strategie; se non fosse così non avrebbe potuto acquisire un numero così alto di clienti, il più alto di tutti i suoi colleghi. Lei è fatto per volare alto, come l'albatro è impacciato tra le piccole cose della terra perché ha le ali grandi. Nonostante non abbia mai amato il suo lavoro, lei ha saputo comunque ottenere ottimi risultati: segno anche di grande intelligenza e capacità di autogestione delle proprie risorse personali. Dopo tanti anni di collaborazione credo di saperne più io sul suo conto che lei stesso. E, mi creda, per certe cose ho imparato a non sbagliarmi. Per questa nuova, grande impresa della "Fabbrica Scarpe Mazza" ho bisogno di lei. Vedrà che la saprò ripagare come merita.

– La ringrazio, signora, non credevo che lei mi stimasse così tanto...

A questo punto lei si alza e mi alzo anch'io. Adesso sì che avrei bisogno di qualcosa da bere, di forte. E gliela chiedo. Tracanno la dinamite come fosse acqua fresca. Ma siccome sempre dinamite è, mi si attorcigliano le budella e deve passare un minuto buono prima di sentirmele di nuovo a posto. Sarò rosso come bruciato dal solleone e gli occhi mi lacrimano fino a offuscarmi la vista. Allo stordimento per le parole della signora si aggiunge l'imbarazzo di non saper bere un bicchierino di brandy. Vorrei andar via ma, certo, non si può. Allora resto, mi ricompongo e mi rimetto a sedere, così anche la signora con un lieve sorriso compiacente, come se provasse tenerezza per quel maldestro seduto di fronte.

– Vuole un po' d'acqua?

– No, grazie. Vorrei solo saper dire qualcosa.

– Non deve dire niente. Almeno per ora. La mia è solo una proposta. Si prenda qualche giorno di riposo e decida se dirmi di sì o di no. Se sarà sì, parleremo dei dettagli organizzativi e contrattuali. Se invece sarà no...

Pausa lunga.

– Se sarà no, sappia che il suo posto di agente di commercio è già di un altro. Prendere o lasciare.

...I luoghi della mia vita potrebbero dirmi cose nuove solo percorrendoli. Mi farò indicare la direzione ora da ciò che resta della mia memoria, ora dai sentimenti del mattino, ora dal senso di questa avventura del camminare. Oggi incontro una chiesa, la mia preferita. Santa Croce è quasi sempre deserta, sta andando in rovina: occorrerebbe che qualcuno la frequenti più spesso, perché un autentico interesse la possa salvare. Anche se la mia fede è anemica perché non ha radici profonde, cerco di fare la mia parte con una sosta, il tempo per tentare una preghiera, guardando dall'alto i tetti delle case e con l'orizzonte sulla pelle. Mi accorgo che le preghiere non mi aiutano a mantenere costante il sentimento di Dio e riprendo a camminare, diretto alla parte bassa del paese.

Tra queste case abbandonate non si viene per cercare una novità, né per incontrare qualcuno con cui scambiare notizie o ar-

gomenti, ma per imparare la lingua dei muri disfatti dal tempo, delle finestre aperte e chiuse dal vento, dei tetti sfondati dal cielo, degli angoli bui coperti di ortiche, via d'accesso al mistero. In questo luogo c'è più anima che nelle chiese e nessuno sparge incenso sulla sua solitudine: qua l'emozione più grande è accorgermi di esistere e questa è una storia che mi posso raccontare senza parole.

Poi mi soffermo al numero civico 5 dove non abita più nessuno. Scatto un paio di foto. Dalla casa accanto, invece, provengono rumori di stoviglie e un vocio ininterrotto di adulti e bambini, perché oggi è una domenica di un'estate qualunque, impastata di terra bruciata e attesa di giorni migliori, ma pur sempre domenica. E la domenica, si sa, è una giornata speciale, soprattutto per i poveri. Questo palpito di vita familiare al numero 7 galleggia come una bolla nel bacino di silenzio della via Sparterra. Visto da qui, il resto del mondo con i suoi clamori e i suoi orrendi abissi di dolore è tanto lontano quanto l'ultima stella della più lontana galassia. Questo è il sud dell'esistenza umana, il punto d'equilibrio tra il nulla e il di più, dove il poco basta ma di meno si muore. Forse è proprio qua che ci si potrebbe incontrare tutti a coltivare speranze e così salvarci dal nichilismo assassino. Mentre la solitaria famiglia si nutre della sua piccola porzione di serenità giornaliera, vado oltre, lungo il tortuoso procedere della strada. Una dopo l'altra le case disabitate mi chiedono giustizia per i loro tetti che non ci sono più, in nome di chi è dovuto andar via. Io, che tento di non sentirmi colpevole di nulla pur sentendomi colpevole di tutto, voglio tornare subito ai miei rassicuranti riti quotidiani....

...È arrivato ferragosto che anche quest'anno ha fatto il miracolo. Le angosce di ognuno si sono momentaneamente diluite nella calda brodaglia degli abbracci, del frastuono della strada, dell'odore di torrone, dell'andare disordinato di una banda musicale, dei palloncini che non compra più nessun papà. Lungo il corso si agita senza direzione una folla indistinta di paesani spaesati, emigranti commossi da anacronistiche nostalgie, giovinastri smaliziati che nemmeno s'accorgono della processione. E donne di ogni età appollaiate su zatteroni acrobatici fuori moda senza desiderio di evitare una infantile volgarità. I vicoli sembrano impreparati ad accogliere la novità della festa e sperano che l'autunno arrivi presto: io mi sento solidale con i loro più reconditi anfratti, dove l'incontro più probabile è con qualche loro vecchio abitante o con le mie idee sempre diverse e sempre uguali, banale utopia su come far girare il mondo. Mi ci vorrebbe coraggio ad accontentarmi di questa esistenza ordinaria, dove il ferragosto è inevitabile. E il coraggio manca, come quando uno vorrebbe tuffarsi da uno scoglio tra le fresche onde del mare e aspetta il momento giusto che invece non arriva...

(Una Zorki per la vita)

"Prendere o lasciare": così la Mazza mi ha colpito ancora. Questa volta non si tratta di aggiustare le mie carte, fare i conti con la solita ansia settimanale. Si tratta di dover cambiare vita, totalmente. Prendere o lasciare. Stare in casa non mi aiuta a capire che cosa mi impedisce di prendere l' immediata decisione di correre dalla signora e iniziare da subito il nuovo lavoro. Esco, ma per andare dove? Da chi? Avverto il bisogno di parlare con qualcuno disposto ad ascoltare me che non parlo da trent'anni con nessuno delle cose della mia vita, che ho quasi dimenticato come si sta in relazione profonda con uno sguardo, con una parola. Mi dirigo meccanicamente verso quel

parco Rocca di qualche giorno fa, come per andare a riprendermi qualcosa lasciata lì in sospeso. Cammino lentamente fra gente che invece va di fretta e non si cura di
me. I miei pensieri sono naufraghi che in balia delle
onde hanno perso ogni riferimento. Il mio sguardo vaga
tra i colori e le forme della città. Improvvisamente si ferma sulla facciata di un palazzo sull'altro marciapiede.
Blocco la camminata: tra le gigantesche gambe di una
donna con calze "Omsa" campeggia un manifesto in
bianco e nero con la sagoma di uomo ripreso dal basso
verso l'alto, di spalle e con uno zainetto, unica cosa colorata in giallo, che pende dalla mano destra, in un contesto sfocato che sembra un parco. S'intravedono numerose biciclette posteggiate in fila lungo un viale, una linea
di negozi sullo sfondo, un supermercato, una chiesa accanto. Lo riconosco. Mi sistemo meglio gli occhiali per
mettere a fuoco quello che da lontano mi sembra solo
una strana coincidenza. Attraverso la strada senza cu-
rarmi delle macchine e, sopravvissuto per pura fortuna,

guadagno il marciapiedi e mi fermo a bocca aperta davanti al manifesto. Dalla cintura dell'uomo pende un mazzo di chiavi con un ciondolo a forma di corno: il mio. Nella parte inferiore del manifesto si legge una data e " Una Zorki per la vita - Bianco e nero in mostra". Sotto l'immagine una dedica: "Invito tutti gli amanti della Zorki e lo sconosciuto che è stato il soggetto involontario di questa foto. Questa mostra è dedicata a lui. Nico Balestrini". Sì, la sagoma in bianco e nero è certamente la mia. Quello sono proprio io! Quel tizio, dunque, che ho visto qualche domenica fa al parco Rocca mentre osservava gli uccellini con aria innocente, quel tizio era Nico Balestrini! Il maestro Nico Balestrini, allievo del mitico fotografo-artista Mario Giacomelli. Negli anni Cinquanta, insieme ad alcuni giovani visionari della fotografia, Balestrini era entrato a far parte del gruppo "Misa" dove Giacomelli già s'era imposto come leader di quell'insieme di visionari perché era il più visionario di tutti. Il pregiudizio per cui la fotografia non possa rappresentare le emozioni, raffigurarle come avviene nella pittura, era stato sfatato dall'opera fotografica di Mario Giacomelli. Questo fotografo marchigiano ha fatto qualcosa di speciale: ha messo in scena i sogni e lo ha fatto con la sua vecchia macchina fotografica, sempre la stessa nel corso degli anni, tenuta assieme da pezzi di nastro adesivo, ritenendola un semplice prolungamento materiale della mente, un tramite necessario per farci intravedere e fermare lo scarto tra la realtà così com'è e quella che noi vediamo. Questo scarto è il territorio del sogno, appunto. Già sul finire degli anni '60 le sue opere si esponevano nelle mostre più importanti del mondo. All'epoca sapevo di queste cose anche se dalle mie parti la fotografia era solo roba da matrimoni, battesimi e scampagnate. Me le andavo a cercare negli ambienti universitari, dove tentavo disperatamente di trovare una motivazione per andare avanti con gli esami e non la trovai mai. Ero assetato di cose proibite e mi concedevo quelle che mi costavano pochi soldi e il tempo che invece avrei dovuto dedicare allo studio. Una di queste cose era la fotografia. Adesso Balestrini mi invita pubblicamente a una sua mostra! Ma la cosa è ancora più grande: l'evento riguarda la sua produzione con la Zorki, la mia amatissima Zorki, una delle tante cose importanti scomparse dalla mia vita, perdute tra le altre.

...*"C'è qualcosa di nuovo oggi nel sole, anzi d'antico...".*

Mentre cammino lentamente dentro i chiaroscuri della zona di san Rocco mi viene a trovare il verso pascoliano e mi indica qualcosa, come con un gesto di mano: un angolo di casa travolto dalla luce e dal profumo di panni stesi. Dei bambini giocano senza curarsi della mia presenza. Quasi inebriato da questa atmosfera, finisco per perdere la razionale cognizione del mio essere qui in questo preciso momento e mi ritrovo tra le misteriose essenze della mia memoria. Qualcosa d'antico si fa intravedere. Ne colgo i contorni, sfumati sì ma familiari: sono le mie emozioni infantili che si presentano, come evocate per far vibrare l'aria di questa mattina di prima estate. Di nuovo c'è che ci sono anch'io, nato per ascoltare in questo ultimo istante l'anima di questo luogo che parla. Non so se Pascoli approverebbe, ma il suo verso ora mi appartiene, come se fosse scritto da me.

Riconosco persino il mio aquilone che ha superato la linea spez-

zata dei tetti, sospinto da un forte desiderio di volo irregolare...

(Tra bicchierini e una bottiglia di rosolio)

Fernanda è sempre lì, nel suo bar, che si muove con leggerezza tra i tavoli e il bancone dispensando cordiali sorrisi ai suoi clienti, tutti innamorati di lei che gioca con la propria civetteria come una bambina. La sto osservando da fuori attraverso la vetrina, tra bicchierini e una bottiglia di rosolio. È una visione di romantica leggiadria, d'altri tempi. Da fotografare. Peccato non averla, la Zorki. Entrando distolgo lo sguardo da lei, saluto come al solito con un generico "salve" e mi vado a sedere al solito tavolino, libero come fosse riservato per me. Questa volta sono qui non per una cioccolata, ma per aspettare che lei si avvicini preceduta dal profumo di gelsomino e dal fruscio dei suoi passi e mi dica

" buon giorno, gentile signore! Come le va oggi...?" e poi "la solita cioccolata corretta con sambuca?".

E invece la cioccolata arriva senza i preliminari insieme a Fernanda che poggia il vassoio lentamente sul tavolo, si siede di fronte a me e inizia a parlare, lentamente come sempre, ma col tono confidenziale di una compagna di banco.

– Ciao! È il momento di darci del tu, non credi?

Sorrido anch'io, imbarazzato.

– Beh, sì! Certo... ciao.

Continuo a sorridere e, sorseggiando lentamente la cioccolata, guardo lei che mi ricambia. La chiama un cliente, si alza con una smorfietta di disappunto e torna al bancone. Mi soffermo a considerare questo momento: anche questo come in un film. Però non direi di star male, anzi credo proprio di star bene. Bene perché mi piace questo calore che mi fa sentire al sicuro mentre l'aria marzolina di fuori taglia la pelle, sto bene perché qua non devo compiacere a qualcuno sperando che compri le mie scarpe. Sto bene perché mi piace che lei si occupi di me. L'inquietudine di questi giorni mi sta dando un po' di tregua. Sono perfettamente consapevole che durerà poco, perché mi aspettano movimenti difficili da governare, una importante decisione da prendere, nodi difficili da sciogliere.

Intanto i clienti vanno e vengono e io, ancora assaporando la mia cioccolata corretta e addolcito dall'atmosfera del bar, aspetto Fernanda che torni al mio tavolo. Lei continua a badare ai clienti e lo vedo che ha pensiero per me. Mi concedo ancora qualche attimo, ma poi mi alzo e lentamente raggiungo la cassa.

– Oggi offro io.

– Grazie. Lei... tu sei una persona molto gentile. Per questo il bar ti va così bene!

Lei si fa seria e non ha bisogno di parole per comunicarmi il disappunto per la mia gaffe.

– Scusami, ma non sono abituato a questo tipo di gentilezze.

– A che tipo di gentilezze ti riferisci? Sono anni che frequenti questo bar, ti sistemi sempre a quel tavolo, sempre con l'espressione di uno che ha tanti pensieri, sor-
seggi la tua cioccolata, paghi, mi saluti e te ne vai. Non
credi possibile che da questa parte una persona, sempre
quella stessa che si trova qua quando vieni in questo bar,
possa averti notato? Che possa essersi abituata, o forse
affezionata, alla tua presenza? Quella che tu chiami
"gentilezza" può darsi che sia una semplice proposta di
amicizia fatta a te e non a tutti gli altri clienti, no?

Passano alcuni secondi prima che, imbarazzato o forse
intenerito, io stacchi lo sguardo dal suo grembiule a
pois. Poi, recuperato il mio autocontrollo momentaneamente smarrito, la guardo in viso e balbetto qualcosa.

– Sono sorpreso... mi fanno piacere le tue parole. Sono
davvero contento. Senti, mi trovo in un momento particolare...ti ricordi di quel mio amico del libro?

– Certo che mi ricordo. Hai finito di leggerlo? È successo qualcosa?

– Sì, cioè no. Ma che sto dicendo, il libro non c'entra... cioè il mio amico. O forse sì. È il mio lavoro che... Senti perché non ci vediamo fuori e così ti posso raccontare?

– Con piacere. Scambiamoci i contatti.

La nostra conversazione finisce così, interrotta dai clienti e dalla mia eccessiva preoccupazione di essere sembrato invadente. Uscendo dal bar m'investe l'odore della città che mi rinfaccia il mio estraniamento. Mi affretto verso casa dove farò un po' di conti con me stesso. Non prima, però di qualche altra pagina di lettura.

...Tra macchine indifferenti mi muovo con la trepida attenzione che richiede l'attraversamento del corso. Voglio passare inosservato e tento di schivare le persone per evitare i soliti incontri. Intanto, ogni persona una macchina, ora è caos sui basolati di lava, consumati da milioni di passi: passi vagabondi, passi per sbrigare fastidiose pratiche, passi da passeggio di spensierati ragazzi, di marce che avrebbero dovuto cambiare i destini di tutti ed invece il futuro è peggiore di ieri, per cercare un giorno di lavoro o qualcuno che offra almeno una promessa vera. Milioni di passi per risaputi percorsi e pochi cercano strade che portino lontano. Troppi ce ne sono voluti per arrivare solo qua, tanto che non importa più contare i passi di ieri né quelli di oggi, perché nessuno crede che camminare faccia bene alla salute e faccia nascere speranze. Ma voi lasciatemi credere che la speranza allunghi la vita. Lasciatemi credere che a muovere ogni cosa nel mondo degli eventi umani sia la speranza. Non disturbatemi con i vostri soliti discorsi sulla natura maligna degli uomini, con i vostri solleciti inviti a stare con i piedi per terra e a cacciare a bastonate il presente infame per riprenderci il futuro: non so sostenere la paura e a mala pena reggo la fatica della speranza...

(Davanti al portoncino di casa)

" Luna rossa " non ha mai avuto un giorno di chiusura. I clienti abituali in qualsiasi giorno della settimana hanno potuto gustare le prelibatezze di Fernanda e godere dell'atmosfera accogliente del suo locale. Stamani ho avuto un moto di grande meraviglia, passando davanti al bar per recarmi all'appuntamento con lei sotto casa sua, a due passi da lì: un cartellino appoggiato alla vetrina: "Oggi chiuso. Un amico ha bisogno di me". Mi stupisco di nuovo per il suo modo di comunicare ogni cosa con delicata immediatezza.

È lì che mi aspetta, davanti al portoncino di casa. Minaccia di piovere. Lei, in jeans e giacca beige di tipo maschile, mi sembra ancora più femminile di quando è in tenuta da bar, col suo grembiulino civettuolo a pois: forse per quella spilla vistosa che le dà un tocco di originale eleganza o il suo viso finemente truccato, sotto i capelli neri sciolti in morbidi ricci.

– Buon giorno, Dario? Michele? Giovanni?.....Non ti sei ancora presentato, lo sai?

– Antonio, mi chiamo Antonio Lo Presti. Buon giorno, Fernanda. Scusami, sono un villano...

– Ma che dici, da tempo immagino che tipo sei: di certo non un villano. Io sono Fernanda, Fernanda Bianchi...piacere. Dove vogliamo andare? Preferirei non usare la macchina, ti spiace?

– Affatto, io la macchina non la possiedo neanche! Facciamo due passi, dai...!.

Fernanda ha tirato fuori dalla sua borsa un ombrellino rosso e per evitare le quattro gocce di pioggia che cominciano a cadere lentamente devo stringermi al suo braccio che lei mi offre con disinvoltura. Non ricordo di aver mai passeggiato sotto un ombrello insieme a una donna.

Mi sembra di conoscere da sempre il suo profumo e piano piano mi vado sentendo a mio agio. Ma non sarà che sto per infilarmi dentro un rischio?

– Mi dicevi che stai passando un momento particolare...

– Sì. Ma non vorrei sembrarti un piagnone: quello è stato un piccolo sfogo che mi è scappato. Perché invece non mi parli di te? So solo che sei una brava barista, ma non so neanche se i tuoi pasticcini sono opera tua...

– Sì, i pasticcini sono opera mia. Li ho inventati io. Il mio bar l'ho inventato io e ancora non dormo la notte per tenerlo in vita così come è nato. Decoro, semplicità, genuinità e un po' di cortesia femminile: può sembrare facile, ma ti assicuro che ci vuole tanto, ma tanto lavoro. Ma mi piace, mi dà tanta soddisfazione, è il mio unico scopo di vita. Tutti gli altri non ci sono più.

– In che senso? Non hai dei figli, un marito....?

– Non ho mai potuto avere figli. Mio marito è morto da dieci anni in un incidente stradale. Ho dovuto sbracciarmi per sopravvivere. Ed eccomi qua...

Solamente immaginare la sua esperienza del lutto mi provoca un turbamento. Per un attimo provo quello che ha dovuto passare questa donna e mi viene voglia di scappare, ma di abbracciarla allo stesso tempo. Dopo qualche passo la trattengo piano, mi fermo e la guardo negli occhi umidi. Provo un sentimento che non so definire. Da quando non ne provo più...? Sono bastati pochi metri di strada a piedi per scoprire all'improvviso una parte di sé nascosta chissà dove e, questa volta, assecondo il corso delle cose. Fernanda si ammutolisce per un attimo e poi si riprende soffiandosi il naso, si gira verso di me e accenna a un sorriso.

– Adesso tocca a te raccontarmi qualcosa.

Non parlo per alcuni lunghissimi attimi, mi accorgo che ha smesso di piovere, le sfioro la mano per prendere l'ombrello e chiuderlo. Le sorrido e riprendiamo a camminare, ancora a braccetto.

Lei non si ritrae e la passeggiata si fa più dolce.

– Beh...la mia vita s'è fatta lunga ormai, ma potrei rac-
contartela in poche sequenze. Comincio dall'ultima. Le
altre magari adesso te le risparmio. Avremo tanto tempo, spero. Non credi...?

(Puoi cominciare a prepararmi la cioccolata)

È stato ieri: abbiamo passeggiato un'intera mattinata, poi abbiamo pranzato in una trattoria del suo quartiere, miscelando soavemente i commenti per l'ottimo cibo con i nostri interessi, le abitudini, i gusti musicali, qualche ricordo e persino qualche angoscia. Un brindisi finale e poi l'ho accompagnata fino a casa.

– M'è piaciuto stare con te. Grazie!

– Anche a me. Forse non ci vedremo per un bel po'. Te l'ho detto: ho da fare in Cina. Ma appena avrò un minuto libero scappo da lì e... puoi cominciare a prepararmi la cioccolata.

Adesso Fernanda è al lavoro, io sono a casa con il libro di Pino sul tavolo della cucina. Sto per finire di leggerlo. Rifletto su alcuni passi che sembrano scritti per me più che per l'autore stesso. Questo succede solo in due casi: o quando il libro è un capolavoro letterario dai contenuti universali, oppure quando il lettore ha qualcosa che gli pulsa così in profondità che basterebbe una sola qualsiasi frase di quel libro per farlo sentire dentro l'opera stessa. La scrittura di Pino non è un capolavoro letterario e ne deduco che sono io che mi trovo in uno stato di destabilizzazione esistenziale.

È ancora presto per andare alla mostra di Balestrini, ma decido di uscire ugualmente: passerò da una libreria per cercare qualche pubblicazione che lo riguardi.

Sfogliando "Il fotoamatore", una rivista specializzata ricca di immagini prevalentemente in bianco e nero, mi vengono in mente certi miei scatti che feci stampare all'epoca delle mie passioni giovanili. Erano delle foto che attaccai una vicina alle altre, fino a coprire interamente la parete di fronte al mio letto. Passavo più tempo a guardare quelle foto che a tenere gli occhi sui libri di scuola tenuti sempre aperti, ma solo per ingannare i miei genitori e me stesso.

Mi sorprendo di non avere perso ancora la memoria di quelle immagini. Prima di andar via le avevo riposte in una scatola, protette una per una da un foglietto di carta velina e custodite come dei santini. Poi partii e le lasciai lì. Volli recidere in una sola volta il cordone che mi legava ai luoghi, alle persone e a tutto ciò che mi era appartenuto fino ad allora, foto comprese. Volevo evitare di girarmi indietro per non avere da combattere poi con la nostalgia, i rimpianti, le assenze e così rischiare di tornare.

La mia ricerca sul mio amico fotografo tra le pagine della rivista continua, ma senza esito alcuno fin quando il giovane commesso che mi osserva da un po' si avvicina e mi chiede se può essermi d'aiuto. Accenno appena all'oggetto della mia ricerca e lui mi indica una pila di volumi, tutti uguali, proprio all'ingresso, meravigliato che io non l'abbia vista. Già, pensavo ad altro e non mi sono accorto del successo editoriale di uno dei più grandi fotografi italiani viventi. Si tratta di un'antologia delle opere di Balestrini che compro senza nessuna esitazione. Seduto nel salottino del negozio, sfoglio lentamente le pagine patinate con avida curiosità e indicibile meraviglia, pregustando il piacere che proverò quando fra circa un'ora mi troverò al cospetto di questi capolavori. Le immagini sono corredate da testi verbali che sono, a dir poco, delle vere e proprie poesie. Esco e affretto il passo per non rischiare di perdermi l'apertura e la presentazione della mostra.

Mentre cammino mi torna un pensiero: la signora Mazza. Ho sempre scelto senza alcuna esitazione strade che mi portassero verso obiettivi concreti: il denaro, gli agi, la carriera. Tutto il resto è come se non fosse esistito: i sentimenti, la qualità della mia vita, il suo significato profondo, inutili orpelli che avrebbero frenato il mio slancio vitale. Ovvia la decisione che prenderò. Troppo ovvia...

Corso Europa taglia in due il centro della città che bruli-
ca di persone e mezzi di trasporto di ogni genere: nessuno si ferma per incontrare qualcun altro, tutti affaccen-
dati ad andare a fare qualcosa o solamente ad andare.
Anche io sto andando, ma di colpo rallento. Mi accorgo
che il tempo per raggiungere in orario il salone delle mostre c'è ancora. Così rallento il passo e penso ancora un
po' a cosa potrebbe succedermi se rifiutassi la proposta
della signora. Immagino come potrebbero essere le mie
giornate senza orologio e sento il sapore dell'aria. Quasi
vengo travolto dalla furia della gente e sorrido per come
buffo potrei sembrare se solo avessi in capo quel cappellino arancione di Balestrini. E poi penso all'ultima pagina del quaderno di Pino.

...Adesso sono a valle del paese. L'aria fresca del mattino rinno-va il mio sangue, mi rallenta i pensieri. Il silenzio mi è compa-gno mentre mi espongo alla luce tersa. Dando le spalle alla campagna e alzando la fronte, guardo il paese antico. Le fac-ciate delle case sfumano in un chiaro indistinto, come se il colo-re fosse stato portato via da un vento leggero ma costante. Im-magino che le parole, i fiati caldi, le passioni, i sospiri tra quei muri lascino lentamente i loro luoghi abituali e si uniscano in un unico fluire che si muove verso l'aria libera. Seguendo lo stesso destino di tutti gli uomini vissuti prima, si disperdono in un cielo misterioso, dove forse troveranno il senso dell'aggrovi-gliarsi delle loro storie tra queste terre.

In quali sentieri del mondo sarò portato dal vento oggi non mi è dato di sapere. Mentre li percorrerò forse mi sembrerà di aver-li già visti, come segnati su una mappa. Ma non per questo mi mancherà la meraviglia per ogni fugace allegria, per ogni lenta malinconia che mi sarà concesso di vivere ancora.

E sarà come se il tempo fosse qualcosa che non mi riguarda più.

Pino Fundrisi

(L'atmosfera diventa rarefatta, delicatamente magica)

All'ingresso una sola grande foto montata su un treppie-
di da pittore: è quella del manifesto. In calce un testo
scritto a mano firmato dal maestro. Tolgo gli occhiali per
leggerlo da vicino: "Ovunque vada ognuno di noi si porti
addosso un po' di primavera". Insieme a me un altro visitatore osserva con aria perplessa e si sposta dopo un po':
o non ha capito l'intenzione comunicativa dell'autore,
oppure ha solo voluto appagare una effimera curiosità.
Io invece, forse perché quella sagoma mi appartiene, mi
sento attratto sia dall'immagine che dalle parole, a tal
punto che non mi accorgo che la cerimonia di presentazione nella sala attigua è già iniziata. Entro e subito mi
avvolgono i toni del bianco e nero delle foto qua e là

macchiate di colori brillanti. Poche persone, per la verità, ma attente e dall'aria di competenti. Dopo i saluti e gli attestati di stima per il maestro da parte dei rappresentanti di numerose organizzazioni amatoriali e culturali presenti, lo stesso Balestrini presenta i suoi lavori in esposizione con concetti essenziali, senza un solo accenno di autocompiacimento. Mi piace questo omino un po' goffo con la giacca larga e la camicia sgualcita che parla della sua professione come se si trattasse di un gioco che certe volte riesce e certe altre no. Gli manca solo il cappellino arancione di quel giorno al parco, ma riconosco la sua figura di artista bislacco che ha fatto della sua passione un servizio per l'umanità.

Dopo il clamore degli applausi, una piccola calca di visitatori si avvicina al protagonista della serata e lo nasconde alla mia vista. A poco a poco si fa sentire un suono di violino, le luci centrali si spengono e rimangono le direzionali puntate sulle foto. L'atmosfera diventa rarefatta, delicatamente magica. Comincio dalla prima foto del percorso che si snoda per successione cronologica di produzione e ne studio le componenti, cercando di riportare alla memoria le mie antiche nozioni di scatto, ma soprattutto godendomi l'equilibrio estetico di ognuna e le contaminazioni con le scritture. A un certo punto mi sento ticchettare sulla spalla e...

– Benvenuto alla mia mostra, l'aspettavo...

Mi giro, sorpreso dalla confidenzialità del gesto

– Buona sera, maestro Balestrini. Grazie per l'invito speciale, non ho fatto nulla per meritare questo onore

– Capisco quanto si sia sorpreso, ma le assicuro che sono io a esserle grato per la sua involontaria... prestazione. Adesso che sa il motivo della mia gratitudine, spero che non mi chieda i diritti d'immagine!

– Tranquillo, maestro. Mi ripaga con queste meraviglie

– Le piace la fotografia?

– Era la mia passione.

Mi aspetto che mi faccia l'ovvia domanda successiva, ma non la fa. Si guarda intorno come fosse un visitatore spaesato, perde qualche minuto, poi mi sorride con una lieve ironia.

– Guardi, caro amico...?

– Antonio Lo Presti.

– ...guardi, Antonio, nessuno delle persone che sono venute stasera è veramente interessato alle mie opere né capisce un'acca di arte fotografica e forse di nessun tipo di altra arte. Sono qui solo per dimostrare qualcosa a qualcuno o solo per semplice curiosità. La capacità della meraviglia è un dono che ci viene fatto, ma spesso non viene riconosciuto e apprezzato come si dovrebbe. Faccio foto da più di cinquant'anni: a volte mi chiedo come sia potuto arrivare fin qua, dovendo il più delle volte rendere conto della mia attività a gente indifferente e spesso anche diffidente. Quando da giovane con i miei amici andavamo in giro a catturare immagini, nessuno di noi pensava che la nostra passione fosse qualcosa di più che un gioco. Abbiamo cominciato col meravigliarci noi per primi di ciò che la realtà nasconde ai più e rivela solo a pochi. E noi ci sentivamo tra questi. Poi abbiamo capito che il destino ci aveva assegnato un compito: trasmettere agli altri la meraviglia per il mondo, anche se agli altri spesso non importa nulla. Invece da come sta guardando le mie opere deduco che lei è uno che vuole meravigliarsi...

Sorpreso da questo modo di parlare così diretto e confidenziale, mi prendo un po' di tempo prima di rispondergli.

– Non so bene, sa? So solo che se le cose mi fossero andate come io avrei voluto, probabilmente oggi sarei un suo indegno collega. La vita a volte ci scappa di mano.

– Ah, questo è sicuro! ...Mi scusi un attimo, torno subito.

A passi svelti si dirige verso una porticina nascosta dietro una tenda e ne esce subito dopo con un pacchetto fra le mani. Me lo porge, riprendendo le parole di un minuto fa con un affabile sorriso stampato sul suo viso di vecchio ragazzo.

– ...ma può capitare di poterla riacciuffare. La vita, intendo. Tenga, questo è per lei. Lo consideri uno scambio,
i suoi diritti d'immagine.

(Buona questa granita!)

Una Zorki! Ieri sera il maestro Balestrini mi ha regalato una Zorki, carica persino di rullino in bianco e nero, insieme a un esposimetro manuale! Rimasto a bocca aperta, per riprendermi ho impiegato alcuni secondi. L'ho ringraziato quasi commosso dicendogli che il suo gesto ha per me un valore enorme. Non sapendo nulla del mio antico rapporto con quell'oggetto, ha minimizzato dicendo che una Zorki oggi si trova a buon mercato e che ne regala una a chi gli è simpatico. Così ho dovuto confidare molto sinteticamente la stranissima coincidenza e che di coincidenze ultimamente sto facendo collezione. Sarà stato per questo o per una spontanea empatia che, salutandomi per potersi dedicare alle incombenze della mostra, mi ha abbracciato invitandomi per stamattina a prendere qualcosa al bar.

Adesso al piacere della sua compagnia si aggiunge quello di una granita.

– Buona questa granita! Certo, non come quella che fanno dalle sue parti. Prima o poi vorrei andarci a fare un servizio. Mi hanno sempre attratto i contrasti dei vostri paesaggi, i volti di chi fa i conti con la vita quotidiana dei vostri quartieri e forse non sa di avere quel cielo, quel cielo unico al mondo...

Seduti al bar di una piazzetta vicina al parco Rocca, dove ieri sera ci siamo dati appuntamento, discorriamo con leggerezza.

– Sì, vero. Una volta la granita da noi era una consuetudine estiva di gruppo, sempre alla stessa ora e allo stesso bar. "Mezza granita con" si chiamava se si voleva anche il panino, senza specificare il gusto perché era solo al limone. Se qualcuno di noi non aveva i soldi per pagarsela si faceva una colletta e tutti potevamo partecipare a quel rito che rendeva l'estate una specie di festa.

– Che bellezza!

– Le confesso che questa è la prima volta che mangio granita da quei tempi.

– Credo che adesso che stiamo diventando amici possa dirmelo: una volta è scappato dal suo paese, vero? E ha continuato a scappare per tutti questi anni.

– Sì. Comincio a sentirmi un po' in colpa per non avere mai sentito il bisogno di tornarci, per avere tolto dalla mia mente le cose che lei mi sta involontariamente ricordando.

– Le sto forse provocando, diciamo, un disagio con questo discorso? Se vuole possiamo cambiare argomento. Gliel'ho detto che c'è un circolo in città frequentato da soli appassionati della Zorki e che dispone di una camera oscura e di tutte le attrezzature necessarie per lo sviluppo e la stampa delle foto? Si chiama "Circolo Giacomelli"

– Davvero? Mi piacerebbe poterlo frequentare, tornare ad armeggiare con la Zorki e poi con la camera oscura. Mi piacerebbe, non immagina quanto, andare in giro per foto come fa un mio amico giù a Leonforte...

– Un suo amico? Ma non mi aveva detto che aveva rotto i ponti con laggiù?

– Sì, ma qualche giorno fa ho iniziato una specie di viaggio della memoria insieme a lui.

Gli dico del libro di Pino e dello sbandamento che mi sta provocando. E poi del mio lavoro e alla proposta della signora Mazza, la beccaccia. Il tutto con qualche riferimento anche a Fernanda, per cui sto rischiando di cambiare opinione in fatto di donne. Lui mi ascolta con attenzione succhiando ciò che rimane nel fondo del bicchiere con la cannuccia e, non staccando gli occhi da me, chiama il cameriere.

– Per piacere, un'altra "mezza granita senza"...cioè una coppetta piccola senza panino.

Il cameriere lo guarda stranito e va. Dopo la breve interruzione, vorrei riprendere a parlare della mia situazione esistenziale, ma temo di trasformare questo incontro così bello e insolito in melodramma e glielo dico.

– Ma no, continui. Il suo racconto m'interessa. Ho capito subito che lei non è una persona banale e ciò che mi sta rivelando me lo conferma. La prego, continui...

– Insomma, caro maestro, mi trovo in una situazione in cui mai avrei pensato di trovarmi. In un primo momento ho dato per scontato di accettare la proposta della Mazza, ma poi...

– Mi permette? Direi... prima. Se accetta la mia opinione, qualcosa stava già succedendo dentro di lei prima della proposta e la lettura di quel libro ha accelerato il processo.

– Non capisco...

– Glielo dico con una metafora. Vede, in fotografia con uno scatto si ferma il movimento della vita, si ottiene un fotogramma. Se si è bravi, con un solo fotogramma si riesce a intercettare qualcosa che è una specie di sintesi di una vita. Se poi si è bravissimi, si riesce a farlo vedere anche agli altri. È in questa dimensione che salta il regolare flusso del tempo: come dire che la comune dinamica delle cose non vale più. In un solo attimo si può trovare la verità, tutta intera, anche quella che non si vede, in barba alla cronologia e ai nessi della logica. Questa è anche la realtà della vita, amico mio: così complessa al punto che ci sono voluti gli scrittori, i filosofi, la scienza, la religione, l'arte, persino la politica per cercare di venirne a capo e nessuno ancora c'è riuscito. Poi all'improvviso ti può arrivare un momento in cui puoi sciogliere nodi intricatissimi e trovare ciò che cercavi anche senza saperlo

– Rifletterò sulle cose che mi sta dicendo, anche se non ho molto tempo ancora per decidere il mio futuro.

– Mi scusi, ma mi sta sembrando che lei si stia prendendo un po' troppo sul serio, tanto da considerare fatale questo frangente della sua vita. Le assicuro, caro Antonio, che quasi nulla della vita va secondo le nostre decisioni che prima o poi si squaglieranno come questa granita. Ciò che viviamo oggi forse era già apparecchiato ieri, anche se non ci sembrava plausibile. Il domani potrebbe non esistere mai. Ne deduca che non dovremmo rinunciare alle cose che ci rendono felici oggi: il gioco, l'amore, quattro passi all'aria buona, un incontro con un amico in un mattino come questo. Il resto andrà da solo, mi creda...

Balestrini ha ragione. Sto pensando come pensa un ragioniere davanti a un bilancio aziendale: entrate, uscite, consuntivo, previsioni di spesa... E siccome le incognite non mancano, la paura sta prendendo il sopravvento, un'ansia nefasta mi rende corto il respiro.

Intanto anche io ho succhiato le ultime gocce della mia granita e cerco di assaporare le parole di questo signore da cui mi sento rassicurato, questo tepore dell'aria, questo silenzio attraversato dall'abbaiare lontano di un cane che rende surreale questa piazzetta. Faccio a meno di raccontargli la mia storia antica: sarei davvero patetico e poi confermerebbe solo la sua filosofia alla quale ho già aderito istintivamente.

– Non mi ha parlato di lei, maestro. Sarei indiscreto se le chiedessi la sua età?

– Indiscreto un pochino sì. Ma gliela perdono, anzi la ringrazio per avermi fatto questa domanda che nessuna mi fa mai, tanto che ho quasi dimenticato di avere ottant'anni. Ma come avrà già capito il tempo per me non ha più nessuna importanza da quando ho sentito per l'ultima volta la sirena della fabbrica dove ho lavorato fino ai cinquanta alternando la gioia del fotografo con la fatica di operaio. Benedetto sia quel licenziamento che al momento mi sembrò una disgrazia. Dovetti inventarmi un lavoro per sopravvivere. All'inizio feci di tutto, ma poi mi misi d'accordo con un tizio, pazzo quasi come me, che aveva una stamperia in una cantina di via Milano: stampammo in più copie formato poster alcuni miei scatti che riuscimmo a vendere negli ambienti alto-borghesi della città, spacciandoli per opere d'arte solo perché c'era la mia firma in originale. Lo stampatore riuscì a recuperare le spese e realizzare un discreto guadagno, io a malapena riuscii a non morire di fame, ma in compenso mi feci un nome nell'ambiente della fotografia, avvalendomi anche del curriculum con le credenziali di Giacomelli. E così eccomi qua. Non ho avuto il tempo di farmi una famiglia, ma non ci penso: così mi sembra di non averne il bisogno. Adesso devo andare. È stato un piacere averla conosciuta e... grazie della granita!

Si alza, mi stringe forte la mano e si allontana col suo cappellino arancione in mano e una borsa a tracolla che non avevo ancora notato. Non mi sembrava ancora che ci fossimo detto tutto. Ma, dopo qualche attimo, da lontano si gira verso di me e, agitando le mani in aria, conclude a suo modo il nostro incontro.

– Ci vedremo qualche altra volta al Circolo Giacomelli! Nel frattempo comincia a pensare alla tua prima mostra: la faremo insieme! Ciao...!

Istintivamente prendo la Zorki che ieri sera ho messo nello zainetto, con inaspettata rapidità imposto il tempo e l'apertura del diaframma e fermo questo attimo in cui Balestrini di spalle a grandi passi si allontana, mentre il suo camicione beige svolazza all'aria della primavera. Al di qua di questo scatto è come se il mio tempo non fosse mai passato da quando facevo con ingenua trepidazione le mie foto giovanili. Prima di pagare il conto mi soffermo ancora un po' a cercare di ricordare quelle che tenevo appiccicate al muro: potrebbero benissimo avere un posto nella mia prima mostra.

(Sembreremo due turisti a zonzo)

La signora Mazza è visibilmente dispiaciuta del mio no.

– Peccato... è veramente un peccato. Si stia bene.

 Mi congeda stringendomi forte la mano e io le sorrido e
sorride anche lei. Scendo le scale dell'edificio e, giunto in
strada, sento l'aria sulle guance e fra i capelli. Mi affido a
quel venticello che una volta, quando arrivava, mi portava verso una nuova avventura.

 Mi dirigo al Lunarossa. Fernanda mi accoglierà col suo
sorriso sul grembiulino a pois e io sarò sereno, seduto
davanti a lei e alla mia solita tazza di cioccolata al sambuca, magari tenendole la mano.

 Ho programmato un viaggio a Leonforte, per andare a
fare quattro passi con Pino. Con la macchina fotografica

al collo e la paglietta in testa, sembreremo due turisti a

zonzo, vicino alla Granfonte.

Se il vento vorrà.

Era trascorso un anno da quando Antonio aveva preso la decisione di fare una visita a Pino Fundrisi.

Arrivato in paese il giorno prima e sistematosi in un b&b, era uscito in strada giusto per dare una rinfrescata ai ricordi e informarsi sull'abitazione dell'amico. Infilò la stradina che portava alla sua casa, sempre quella di una volta. Notò come tutto fosse cambiato sì, ma era come se il tempo non fosse mai passato da lì. Andava dal suo amico come se l'ultima volta che l'aveva fatto fosse stata il giorno prima. Il cambiamento è qualcosa che ha a che fare con un eterno presente più che con il tempo passato, pensò per un attimo mentre proseguiva sull'asfalto sconnesso che lasciava intravedere l'acciottolato preesistente.

L'incontro con Pino fu senza enfasi, con un semplice abbraccio e uno sguardo prolungato si dissero l'essenziale. Conobbe Anna e fu lei che gli raccontò della loro vita ciò che Antonio non poteva sapere più e mentre raccontava guardava il marito e i suoi occhi luccicavano. Si vedeva che era ancora perdutamente innamorata di quell'uomo che in quei momenti sembrava pensare ad altro e ogni tanto le sorrideva, in silenzio. Poi andò in cucina a fare il caffè. Rimasti soli, i due amici poterono scambiarsi solo sguardi e qualche sorriso d'intesa. Talvolta chi ha l'Alzheimer si ritrova in un attimo di lucidità e, liberato dalle catene della dimenticanza, ti potrebbe fare anche osservazioni o domande su questioni cruciali. Così in uno di quegli attimi Pino chiese ad Antonio se fosse felice e se avesse mai letto il suo quaderno.

Ma fu solo una brevissima illusione di normalità. L'attimo dopo, mentre Anna stava mettendo a tavola la tazzina di caffè, una coltre di tristezza pervase la casa.

I tre poi fecero insieme una passeggiata tra i vicoli del paese dove Pino fino a poco tempo prima poteva andare da solo. Adesso sembrava contento di tornarci con quella compagnia.

Tornato in città, Antonio ripensò più volte al suo viaggio di ritorno in paese, a quel balcone da dove da bambino osservava lungamente i tetti di fronte e non riusciva a concepire che oltre ci fosse qualcos'altro. L'avrebbe scoperto dopo percorrendo strade: dritte, curvilinee, in salita ed in discesa. A volte avventurose, altre volte faticosamente banali e senza meta, ma sempre con l'idea di andare avanti. Sì, era stato un ritorno, ma forse anche il ritorno è un movimento progressivo, pensava.

Aveva cercato di restituire ad Anna il quaderno di Pino. Sarebbe stato giusto così, forse. Ma lei, dopo averlo tenuto stretto fra le mani per un po', glielo restituì dicendo che in quel quaderno c'era una parte importante della vita di Pino e in quella "...insieme a Pino sei tu il protagonista principale, Antonio carissimo. Se ti capiterà di aspettare ancora quel certo venticello d'avventura, ti prego di farlo anche per lui".

La mostra che il grande Augusto Balestrini gli aveva proposto di fare insieme, dopo i tanti tentennamenti che sono propri del neofita, infine fu approntata. Le sue foto esposte in gran parte furono quelle che Antonio aveva scattato ai due suoi amici. Tutte in bianco e nero, in pose spontanee nella struggente cornice del centro storico del suo paese, ormai in decadenza. In tutte Anna guardava il marito mentre lui aveva lo sguardo altrove. Quella che concordarono i due artisti per il cartellone d'ingresso ritraeva Pino con la testa rivolta verso l'alto, gli occhi socchiusi e un vago sorriso che gli addolciva le rughe del volto. Sembrava aspettare che un alito di vento lo raggiungesse mentre con una mano si teneva i folti capelli bianchi e si faceva accarezzare l'altra dall'acqua che scorreva con impeto da una grande fontana.

In calce alla foto era scritto: "Chi sa ancora aspettare il vento non muore mai veramente."

POSTFAZIONE

Vorrei che i miei figli

non lascino il loro aquilone impigliato a un traliccio.

A loro dedico tutte le parole che ho scritto

e quelle che non ho saputo scrivere

perché mi sono rimaste impigliate nel cuore

Nota di edizione

Questo libro

Questo romanzo si struttura intorno a tre voci: voce narrante, Antonio, Pino... Antonio Presti e Pino Fundrisi sono due amici d'infanzia che, dopo una giovanile stagione di militanza politica e di innocenti trasgressioni, hanno seguito strade diverse e si sono separati. Le cose per Antonio cominciano a cambiare quando riceve un manoscritto dove il suo vecchio amico ha annotato fatti, riflessioni, ricordi e racconti di fatti reali e surreali che non è riuscito a sistemare in forma di romanzo ma che, comunque, sente il bisogno di affidare alla memoria della persona con cui ha condiviso gli anni della formazione. Antonio viene talmente "provocato" dalle parole di Pino che arriva a mettere in discussione le proprie consolidate convinzioni, i rapporti con le persone, la propria vita stessa.

"Questa è una storia che si dipana dal già visto del presente alla novità del passato, come fosse un ritorno a ciò che non poté essere prima e potrebbe realizzarsi domani.

O forse si tratta di storie disperse che finiscono per ritrovarsi una nell'altra, attratte dalla meraviglia che può riservare ogni momento della vita".

L'autore

Ignazio Vanadia (1951) è nato a Leonforte (EN) dove ha da sempre vissuto strettamente legato al destino della sua terra. Laureato in Storia e Filosofia, ha insegnato materie letterarie nella locale scuola media, dedicando anche molto impegno alla militanza politica di sinistra e all'attività associazionistica. Attualmente ama raccontarsi con la scrittura e la pittura, come fosse per bisogno di condividere ancora utopie con la sua gente.

Del suo primo romanzo - Come il volo irregolare di un aquilone - dice: "... mi gratificava durante la sua stesura, ma dopo la sua pubblicazione inaspettatamente mi ha provocato la 'sindrome dell'impostore'. Questa per fortuna ha inibito ogni mia possibile velleità di successo editoriale".

Le edizioni ZeroBook

Le edizioni ZeroBook nascono nel 2003 a fianco delle attività di www.girodivite.it. Il claim è: "un'altra editoria è possibile". Zero-Book è una piccola casa editrice attiva soprattutto (ma non solo) nel campo dell'editoriale digitale e nella libera circolazione dei saperi e delle conoscenze.

Quanti sono interessati, possono contattarci via email: zerobook@girodivite.it

O visitare le pagine su: https://www.girodivite.it/-ZeroBook-.html

Ultimi volumi:

Mafie e dintorni : Il fenomeno delle mafie e i loro rapporti con lo Stato e la società civile / Franco Plataroti

L'Italia a fumetti / di Ferdinando Leonzio

Qualche parola (2015-2022) / di Luigi Boggio

Sonetti / di William Shakespeare ; tradotti in siciliano da Prospero Trigona

Edifici di città: Roma 2020-2021 / Pierluigi Moretti

Perduti luoghi ritrovati : Poggioreale Antica / di Roberta Giuffrida

Delitto a Nova Milanese : venticinque righe nelle "brevi" / Adriano Todaro

Abbiamo una Costituzione : Ideologie, partiti e coscienza democratica costituzionale / Gaetano Sgalambro

Emma Swan e l'eredità di Adele Filò / di Simona Urso

Otello Marilli / di Ferdinando Leonzio

Autobianchi : vita e morte di una fabbrica / di Adriano Todaro ; prefazione di Diego Novelli

Sei parole sui fumetti / di Ferdinando Leonzio

Sotto perlaceo cielo : mito e memoria nell'opera di Francesco Pennisi / di Luca Boggio

Accanto ad un bicchiere di vino : antologia della poesia da Li Po a Rino Gaetano / a cura di Piero Buscemi

Il cronoWeb / a cura di Sergio Failla

L'isola dei cani / di Piero Buscemi

Saggistica:

I Sessantotto di Sicilia / Pina La Villa, Sergio Failla (ISBN 978-88-6711-067-4)

Il Sessantotto dei giovani leoni / Sergio Failla (ISBN 978-88-6711-069-8)

Antenati: per una storia delle letterature europee: volume primo: dalle origini al Trecento / di Sandro Letta (ISBN 978-88-6711-101-5)

Antenati: per una storia delle letterature europee: volume secondo: dal Quattrocento all'Ottocento / di Sandro Letta (ISBN 978-88-6711-103-9)

Antenati: per una storia delle letterature europee: volume terzo: dal Novecento al Ventunesimo secolo / di Sandro Letta (ISBN 978-88-6711-105-3)

Il cronoWeb / a cura di Sergio Failla (ISBN 978-88-6711-097-1)

I ragazzi sono in giro / a cura di Sergio Failla (ISBN 978-88-6711-011-7)

Proverbi siciliani / a cura di Fabio Pulvirenti (ISBN 978-88-6711-015-5)

Parole rubate / redazione Girodivite-ZeroBook (ISBN 978-88-6711-109-1)

Accanto ad un bicchiere di vino : antologia della poesia da Li Po a Rino Gaetano / a cura di Piero Buscemi (ISBN 978-88-6711-107-7, 978-88-6711-108-4)

Neuroni in fuga / Adriano Todaro (ISBN 978-88-6711-111-4)

Celluloide : storie personaggi recensioni e curiosità cinematografiche / a cura di Piero Buscemi (ISBN 978-88-6711-123-7)

Sotto perlaceo cielo : mito e memoria nell'opera di Francesco Pennisi / di Luca Boggio (ISBN 978-88-6711-129-9)

Per una bibliografia sul Settantasette / Marta F. Di Stefano (ISBN 978-88-6711-131-2)

Iolanda Crimi : un libro, una storia, la Storia / di Pina La Villa (ISBN 978-88-6711-135-0)

Autobianchi : vita e morte di una fabbrica / di Adriano Todaro

prefazione di Diego Novelli (ISBN 978-88-6711-141-1)

Dizionario politico-sociale di Nova Milanese : Passato e presente / Adriano Todaro (ISBN 978-88-6711-151-0)

Abbiamo una Costituzione : Ideologie, partiti e coscienza

democratica costituzionale / Gaetano Sgalambro (ebook ISBN 978-88-6711-163-3, book ISBN 978-88-6711-164-0)

La peste di Palermo del 1575 / di Giovanni Filippo Ingrassia (ebook ISBN 978-88-6711-173-2)

Permesso di soggiorno obbligato / redazione Girodivite (ebook ISBN 978-88-6711-181-7, book ISBN 978-88-6711-182-4)

Qualche parola (2015-2022) / di Luigi Boggio (ebook ISBN 978-88-6711-215-9, book ISBN 978-88-6711-216-6)

Di dritto e di rovescio : L'importanza del raccattapalle ed altre storie / di Piero Buscemi (ebook ISBN 978-88-6711-217-3, book ISBN 978-88-6711-218-0)

Mafie e dintorni : Il fenomeno delle mafie e i loro rapporti con lo Stato e la società civile / Franco Plataroti (ebook ISBN 978-88-6711-223-4, book ISBN 978-88-6711-224-1)

Narrativa:

L'isola dei cani / di Piero Buscemi (ISBN 978-88-6711-037-7)

L'anno delle tredici lune / di Sandro Letta (ISBN 978-88-6711-019-3)

Emma Swan e l'eredità di Adele Filò / di Simona Urso (ISBN 978-88-6711-153-4)

Delitto a Nova Milanese : venticinque righe nelle "brevi" / Adriano Todaro (ebook ISBN 978-88-6711-171-8, book ISBN 978-88-6711-172-5)

Enne / Piero Buscemi (ebook ISBN 978-88-6711-179-4, book ISBN 978-88-6711-180-0)

Orientale Sicula : Proebbido entrari ed altri racconti / di Alfio Moncada (ebook ISBN 978-88-6711-193-0, book ISBN 978-88-6711-194-7).

Querelle / di Piero Buscemi (ebook ISBN 978-88-6711-201-2, book ISBN 978-88-6711-202-9)

Uno sporco anello / di Adriano Todaro (ebook ISBN 978-88-6711-205-0, book ISBN 978-88-6711-206-7)

Poesia:

Il bambino è il mondo / di Emanuele Gentile (ISBN 978-88-6711-197-8)

Raccolta di pensieri / di Adele Fossati (ISBN 978-88-6711-190-9)

Iridea / poesie di Alice Molino, foto di Piero Buscemi (ISBN 978-88-6711-159-6)

Il libro dei piccoli rifiuti molesti / di Victor Kusak (ISBN 978-88-6711-063-6)

L'isola ed altre catastrofi (2000-2010) di Sandro Letta (ISBN 978-88-6711-059-9)

La mancanza dei frigoriferi (1996-1997) / di Sergio Failla (ISBN 978-88-6711-057-5)

Stanze d'uomini e sole (1986-1996) / di Sergio Failla (ISBN 978-88-6711-039-1)

Fragma (1978-1983) / di Sergio Failla (ISBN 978-88-6711-093-3)

Raccolta differenziata n°5 : poesie 2016-2018 / di Victor Kusak (ISBN 978-88-6711-149-7)

Sonetti / di William Shakespeare ; tradotti in siciliano da Prospero Trigona (ISBN 978-88-6711-203)

Parole in versi / Adele Fossati (ISBN 978-88-6711-212)

Libri fotografici:

I ragni di Praha / di Sergio Failla (ISBN 978-88-6711-049-0)

Transiti / di Victor Kusak (ISBN 978-88-6711-055-1)

Ventimetri / di Victor Kusak (ISBN 978-88-6711-095-7)

Visioni d'Europa / di Benjamin Mino, 3 volumi (ISBN 978-88-6711-143_8)

Cortale, borgo di Calabria / Pasquale Riga (ISBN 978-88-6711-175-6)

Perduti luoghi ritrovati : Poggioreale Antica / di Roberta Giuffrida (ISBN 978-88-6711-191-6)

Edifici di città : Roma 2020-2021 / Pierluigi Moretti (ISBN 978-88-6711-199-2)

Opere di Ferdinando Leonzio:

Una storia socialista : Lentini 1956-2000 / di Ferdinando Leonzio (ISBN 978-88-6711-125-1)

Lentini 1892-1956 : Vicende politiche / di Ferdinando Leonzio (ISBN 978-88-6711-138-1)

Segretari e leader del socialismo italiano / di Ferdinando Leonzio (ISBN 978-88-6711-113-8)

Breve storia della socialdemocrazia slovacca / di Ferdinando Leonzio (ISBN 978-88-6711-115-2)

Donne del socialismo / di Ferdinando Leonzio (ISBN 978-88-6711-117-6)

La diaspora del socialismo italiano / di Ferdinando Leonzio (ISBN 978-88-6711-119-0)

Cento gocce di vita / di Ferdinando Leonzio (ISBN 978-88-6711-121-3)

La diaspora del comunismo italiano / di Ferdinando Leonzio (ISBN 978-88-6711-127-5)

Sei parole sui fumetti / di Ferdinando Leonzio (ISBN 978-88-6711-139-8)

Otello Marilli / di Ferdinando Leonzio (ISBN 978-88-6711-155-8)

La diaspora democristiana / di Ferdinando Leonzio (ISBN 978-88-6711-157-2)

Lentini nell'Italia repubblicana / di Ferdinando Leonzio (ebook ISBN 978-88-6711-161-9, book ISBN 978-88-6711-162-6)

Delfo Castro, il socialdemocratico / Ferdinando Leonzio (ebook ISBN 978-88-6711-169-5, book ISBN 978-88-6711-170-1)

La socialdemocrazia italiana fra scissioni e confluenze (1947-1998) / Ferdinando Leonzio (ebook ISBN 978-88-6711-177-0, book ISBN 978-88-6711-178-7)

Momenti di socialismo / di Ferdinando Leonzio (ebook ISBN 978-88-6711-207-4, book ISBN 978-88-6711-208-1)

L'Italia a fumetti / di Ferdinando Leonzio (ebook ISBN 978-88-6711-221-0, book ISBN 978-88-6711-222-7)

Parole rubate:

Scritti per Gianni Giuffrida: La nuova gestione unitaria dell'attività ispettiva: L'Ispettorato Nazionale del Lavoro / di Cristina Giuffrida (ISBN 978-88-6711-133-6)

WikiBooks:

La Carta del Carnaro 1920-2020 (ISBN 978-88-6711-183-1)

Webology : le "cose" del Web / a cura di Sergio Failla (ISBN 978-88-6711-185-5)

English books or bilingual:

Perduti luoghi ritrovati : Poggioreale Antica / di Roberta Giuffrida (ISBN 978-88-6711-196-6)

Visioni d'Europa - Europe's visions / di Benjamin Mino, 3 volumi (ISBN 978-88-6711-143_8)

Sonetti / di William Shakespeare ; tradotti in siciliano da Prospero Trigona (ISBN 978-88-6711-203)

Querelle / Piero Buscemi ; preface by Vincenzo Tripodo (ISBN 978-88-6711-209-8, press ISBN 978-88-6711-210-4)

Cataloghi:

ZeroBook: catalogo dei libri e delle idee 2012-...

Catalogo ZeroBook 2007

Catalogo ZeroBook 2006

Riviste e periodici:

Post/teca, antologia del meglio e del peggio del web italiano

ISSN 2282-2437

https://www.girodivite.it/-Post-teca-.html

Girodivite, segnali dalle città invisibili

ISSN 1970-7061

https://www.girodivite.it

il Notar Jacopo : rivista della Bibliotheca

https://https://www.girodivite.it/La-Biblioteca-di-OpenHouse.-html

ZeroBook catalogo delle idee e dei libri

bimestrale

https://www.girodivite.it/-ZeroBook-free-catalogo-puoi-.html